雨女とホームラン

吉野万理子
嶽まいこ㊇

静山社

雨女とホームラン　もくじ

第①章 占い当たります

商店街の途中《とちゅう》に細い路地がある。

竜広《たつひろ》はそこを通るたび、いつものぞいていた。

魔女《まじょ》みたいなおばあさんがいるのだ。顔に深いしわが刻《きざ》まれていて、あごがとんがっていて、かみの毛は白と黒が半分ずつ混《ま》ざり合ったような色合いだった。

『占《うらな》い当たります。1回3000円』

そんなかんばんの横に、小さなつくえといすを置いて、おばあさんはいつもすわっていた。たまにお客と向き合っていることもあった。

占ってもらいたい。

ただ三千円は高いんだよなぁ、と竜広はいつもため息をついて通り過《す》ぎていた。小学六年生になって、月に五百円のおこづかいをもらっているけれど、好きなお菓子《かし》やドリンクを買ってすぐになくなってしまう。

でも、今日はびっくりすることが起きた。

野球チームの練習の帰り、竜広がいつものように路地をのぞくと、なんと、かんばんの文字がかわっているではないか。

『占《うらな》い当たります。1回1000円』

大きく値下《ねさ》がりしている。

そして、おばあさんではなく、別の女の人がいすにこしかけて、スマートフォンをいじっている。

頭にヴェールみたいなものをかぶっていて、それが顔にもかかっているので、どんな人なのかよくわからない。でも、背筋《せすじ》の曲がりかけたおばあさんとちがって、しせいがいい。

竜広は、スポーツバッグの内ポケットを探《さぐ》った。ずいぶん前、お母さんがくれた千円札をここにしまっていたのだ。

「もし野球の練習でケガをしたら、タクシーでうちまで帰れるように」

そういう名目でもらったのだけれど、練習でもしケガをしたら、監督《かんとく》に家まで送ってもらえばいいではないか。この千円を占《うらな》いに使ってしまっても、一生バレることはなさそうだ、と思いついた。

よし行ってみよう。

電柱のそばに、茶トラのねこがいて、首をカキカキと脚《あし》でかいている。黒ねこのほうが、あやしげでムードが出るのになぁ、と竜広は思いながら、女の人に近づいた。

いつもいるおばあさんよりも、話しやすそうだ。でも、本当にちゃんとした占い師《し》なのかなという疑問《ぎもん》が頭をよぎる。

SCOTCH WHISKY
山そば
家庭の味
占い当たります。
1回 1000円

やっぱりあと二千円ためて、いつものおばあさんに占《うらな》ってもらったほうがいいかも……。竜広は一歩、後ろに下がろうとしたけれど、おそかった。

その人はパッと顔を上げた。ヴェールごしでも、ほほえんでいるのはわかった。

「あ！　お客さんだっ」

学校の担任《たんにん》の小山《こやま》先生と同じくらいの年齢《ねんれい》かなと思っていたけれど、ずっとずっと若《わか》いみたいだ。ちなみに先生は三十歳《さい》くらいらしい。

「ええと、本当に千円なんですか」

「うん、そうなの。おばあちゃんが今日は風邪《かぜ》でお休みでね。あたしがかわりに」

「あ、そうなんだ！　じゃあ、孫っていうこと？」

「ええ」

おばあさんの孫か。占い師《し》の血が流れているなら、きっと正しく占ってくれるにちがいない。

竜広はバッグのなかから、千円札を取り出した。小さな内ポケットに入れていたので、細かく折りたたんである。いっしょうけんめいのばして、まっすぐにしようとしたけれど、深く刻《きざ》まれた折り目は直らない。それがちょっぴりはずかしい。

でも、お姉さんが気にする様子はなかった。

「じゃあ、ここすわって。はい、千円たしかにいただきました」

肩《かた》からななめにかけているバッグにお金をしまいこんだ。

つくえをはさんで向き合う。

ヴェールの内側が少しだけ見える。かみはショートカット、まゆ毛がくっきりと太い。つめは金色に光っていた。

この路地の上は、建物の屋根がおおっているので、まだ夕方なのに、日が暮《く》れた後のようにうす暗い。

「何を知りたいですか、お客さんは」

お姉さんが、さっきよりも声を低くしてたずねてくる。

お客さんなんて呼《よ》びかけられたことはないから、竜広はむずがゆさを感じた。でも、大人扱《あつか》いしてくれるのは、悪くない気分だ。

竜広はしばらくだまって首をひねった。

本当は、将来《しょうらい》のことを聞いてみたい。自分はどんな仕事についているのか。今、あこがれているのはプロ野球選手だけれど、ダンサーや俳優《はいゆう》やお笑い芸人もいいなと思っている。

でも、その前にこの人がどのくらい占《うらな》えるのか、試《ため》してみたい気持ちもある。

「うーんと、これからのこととか、いろいろ。なんでも」

あいまいに答えた。

「わかりました」

今度はお姉さんがだまって、竜広の顔をじっと見た。二十秒くらいたって、ようやく口を開いた。

「お客さんは、とても積極的で元気で明るいけれど、本当はせんさいでやさしい人なんですよね」

「そう！　それ！」

思わず、竜広はお姉さんの顔を指でさしてしまった。人をさしてはいけません、とお母さんにおこられたことがあるのを思い出して、あわてて指をひっこめる。

この人は信じてよさそうだ。

竜広は何度も何度もうなずいてしまった。

いつも教室で元気にさわいでいる竜広は、「うるさいやつ」「にぎやかなやつ」とクラスメイトに思われている。家ではしょんぼり考え込《こ》むことだってあるのに。

クラスのみんながまったく気づいてくれないことを、このお姉さんはほんの数十秒でわかってくれた。

「お客さんのラッキーカラーは赤ですね。赤いオーラが立ち上ってます」

「へえ、赤！　合ってる」

竜広は野球チームに所属《しょぞく》しているのだが、そこのチームカラーが赤なのだ。

この占《うらな》い師《し》さんはまちがいなく信頼《しんらい》できる。その後、いくつかいわれたことも、全部思い当たった。安心して、竜広は将来《しょうらい》のことを聞いてみることにした。

「そうですね。お客さんの赤いオーラのなかに、きらきら光るものがいくつもあって、それはたくさんの可能性《かのうせい》があるってことですね。お客さんが今やりたいと思っている夢《ゆめ》のほかにも、すてきな夢がいくつも現《あらわ》れそうですね」

「マジで！」

要するに、何をやってもうまくいく、ということなんだな、と竜広は解釈《かいしゃく》した。

このままずっとしゃべっていたいけれど、日が暮《く》れる前には家に帰らないといけない。

「あの、じゃあ、ラッキーアイテム、教えてください」

最後にそうお願いした。

竜広が毎日見ている「おひさまタイムズ」という朝のテレビ番組のなかに「おひさま占《うらな》い」があって、十二の星座《せいざ》別にラッキーアイテムを教えてくれるのだ。それが竜広は気に入って、欠かさず見ていた。もちろん、毎日そのアイテムを手に入れるのは無理なので、聞き流すことも多かったけれど。

「お客さんのラッキーアイテムね」

目をいったん閉《と》じて、手をかざすしぐさを見せてから、占《うらな》い師《し》さんはいった。

「四つ葉のクローバーですね」

「ええええっ、マジ！」

思わず竜広はさけんでしまった。というのも、けさの「おひさま占い」でも、うお座《ざ》のラッキーアイテムは四つ葉のクローバーだったのだ。

二度同じことをいわれると、さすがに信じたくなってしまう。

「今日だけのラッキーアイテムじゃなくて？」

そこを確認《かくにん》すると、占い師さんは、

「少なくとも一か月は効果《こうか》あるはずよ」

と、答えてくれた。また一か月後、占いに来てね、ということなんだろうか。ためたお年玉から千円出そうか……。

そんなことを考えながら占《うらな》い師《し》さんにお礼をいって、竜広は路地を出た。日がかたむいて、空がオレンジ色にそまっている。

竜広は駅の反対側に出て、線路のそばの原っぱに立ち寄《よ》った。

今は四月の終わりだ。

ちょうどシロツメクサの白い花が、あちこちで咲《さ》いている。卓球《たっきゅう》のボールよりも小さな白い球を、一面にばらまいたみたいだ。夕日が当たって、その白色がうっすらオレンジに見える。

でも、今日は花に用はない。その花の下に伸《の》びている葉っぱがお目当てだ。

シロツメクサの葉は基本《きほん》三つ葉で、ごくたまに四つ葉がある。それは竜広も知っていた。でも、実際《じっさい》にそのめずらしい葉を見たことはなかった。

いっしょうけんめい指でかき分けながら四つ葉を探《さが》す。

テントウムシがいた。竜広の所属《しょぞく》する野球チームは、七星《ななほし》少年野球チームというので、ナナホシテントウには親近感があるのだ。けれど、そばには黄緑色の小さなアブラムシが何十匹《ぴき》もいて、それらは気味が悪かった。

まちがってアブラムシにさわらないようにしながら、十五分くらい必死に探《さが》したが、四つ葉のクローバーは見つからなかった。

せっかく占いでオーラのことをほめてもらったのに、運が遠のいていく気がする。

また明日、学校へ行く前にここへ寄《よ》って探そう、と竜広は決めた。

＊

「はーい、それでは今日の『おひさま占《うらな》い』です。本日ラッキーなベスト3、第3位はしし座《ざ》！　第2位はてんびん座、そして一番ラッキーなのは、うお座のあなた！」

テレビからそんな声が聞こえてきて、竜広は左手を高々と上げてガッツポーズをした。

「早く食べないと遅刻《ちこく》するよー」

台所からお母さんの声が飛んでくる。

それでも竜広は、席を立ってテレビ画面のすぐそばまで近づいた。これからラッキーアイテムを紹介《しょうかい》してくれるのだが、十二星座《せいざ》がいっぺんに出るうえに、表示《ひょうじ》される時間が短いので、油断《ゆだん》するとあっという間に画面が切り替《か》わってしまうのだ。

うお座のラッキーアイテムは「消しゴム」だった。

「いまいちだなー」

竜広はつぶやいた。ラッキーアイテムであろうとなかろうと、ふでばこのなかにはいつも消しゴムが入っているから、ありがたみがない。やっぱりきのうの四つ葉のクローバーのほうが説得力《せっとくりょく》ある。何しろ、占《うらな》い師《し》は一か月効力《こうりょく》があるといっていたし。

そんなことをぼんやり考えながら過《す》ごすうち、竜広は、

「ああっ」

と声を上げた。今ごろ思い出したのだ。学校へ行く前に、きのうの原っぱに寄《よ》ってクローバーを探《さが》そうと計画していたことを。

時計を見ると、八時を回ったところだった。これから出かけると、ちょうどチャイムが鳴る直前に学校へ着くことになりそうだ。寄《よ》り道している余裕《よゆう》はない。

「ちぇー、しまったなぁ」

と、玄関《げんかん》のドアを開けた。

「行ってきます、っていうの忘《わす》れてるよ」

お母さんにおこられたので、竜広は、

「行ってきまーす！」

と、ひときわ大声でいった。

原っぱを横目に見ながら、小走りで急ぐ。シロツメクサの上を、モンシロチョウが飛び回っている。帰りにまた寄ろう。

学校の門を通ってからも、竜広はきょろきょろとあたりを見回していた。シロツメクサが、どこかに生えていないかと思ったのだ。

校務員《こうむいん》さんがていねいに手入れをしている植木の下には、一本も雑草《ざっそう》はなかった。

でも、プールのわきに草がちょこっと生えていた。あのあたりにあるかもしれない。

そんなふうに気を散らしていたせいか、げた箱でくつをはきかえて、まだ階段《かいだん》を上っている最中にチャイムが鳴り始めた。

「おい、急がないと遅刻《ちこく》だぜ、タッツ」

よそのクラスのやつが声をかけてくれた。

「やべー」

六年一組の教室は、三階の一番すみっこだ。階段を一段抜《ぬ》かしでかけあがり、ろうかを走った。「走っちゃいけないんですよー！」とおこられそうな気がしたけれど、周りにいるのは同じように遅刻しそうな子ばかりだった。みんな目が合うと、「走ってるのはおたがい見なかったことにしようぜ」といわんばかりに、にやっとわらう。

教室に入ったところでチャイムが鳴り終わった。

「ふー。あぶね」

筆記用具をつくえの上に出し、竜広はふでばこを開けた。

「あれ」

消しゴムがない。きのう家で宿題をやったときに、出しっぱなしにしてしまったようだ。それはよくあることなので、竜広にとって大したことではないのだが、よりによってラッキーアイテムだと「おひさま占《うらな》い」にいわれたその日に忘《わす》れるなんて、縁《えん》起《ぎ》が悪すぎる。

「ダメージでけえなぁ」

心のなかでつぶやいたつもりが、竜広は声を出してしまっていた。

「どうしたの」

となりの席の里桜《りお》に聞かれた。

竜広は、ちらっとそちらのほうを見た。

前がみをパツッと真横に切りそろえた里桜は、とても気が強く見える。今年度、初めていっしょのクラスになったので、となりの席になったときは気が重かった。

でも、三週間たって、竜広はようやく気づいた。

実はまったく逆《ぎゃく》みたいだ。里桜は、授業中《じゅぎょう》も自分からは決して手を挙げないほどにおとなしい。逆にいえば、何を考えているかよくわからないので、ほとんど話したことはなかった。

だから竜広はぶっきらぼうに答えた。

「ああ、忘《わす》れ物」

「ふうん」

それで会話は終わった。「どんな忘れ物?」って聞いてもらいたかったのに……。

竜広は里桜を意識《いしき》しながらぼやいた。

「あーあ、ラッキーアイテムなのになぁ」

「え?」

里桜が、まっすぐこっちを見ている。

「おひさま占《うらな》い」

竜広は、ぼそっとそれだけ答えた。

テレビでやってる占《うらな》いのラッキーアイテムを信じてるんだ！　と細かく説明するのは、ちょっとはずかしい気がしたのだ。

そんなの知らなーい、という返事を覚悟《かくご》していたら、まったくちがった。

「え？　見てるんだ！　わたしも」

「え」

「おひさま占い、わたしも見てるよ」

「ええっ、そうなんだ」

クラスに仲間がいるなんて、考えもしなかった。竜広は、里桜が急に近い存在《そんざい》に思えて、「里桜」と呼《よ》びかけるチャンスを探《さが》した。

「おれ、毎日見てる」

「きのうも見た？」

「もちろん。里桜って何座《ざ》なの？」

さりげなくいえた。

「わたし？　うお座《ざ》。タッツは？」

向こうもあだ名で呼《よ》んでくれたではないか。めったにしゃべらないから、今まで名前を呼ばれたことは、一度もなかった。

「いっしょ！　おれも、うお座」

思わず右手を高く差し出して、ハイタッチを求めてしまった。

「え」

里桜は苦わらいしながら、ひかえめに手をかかげてくれた。

「今日のラッキーアイテム、消しゴムだったろ？　そんなのへいぼんだろ、いっつもふでばこに入ってるもん、って思って今見たら、こんな日に限《かぎ》って消しゴム忘《わす》れちゃったんだよー」

あはは、と里桜はわらってくれた。切りそろえた前がみがゆれると、表情《ひょうじょう》がやさしく見える。

「じゃあ、きのうのラッキーアイテム、覚えてる？」

「四つ葉のクローバー、だろ？」

するると、里桜はうなずいてふでばこを開いた。

「ふふっ、これ！」

「えーーっ！」

思わずさけんでしまった。

里桜が見せてきたのは、四つ葉のクローバーのイラストが入った消しゴムだったのだ。

「こんなのあるんだ。ダブルでハッピーじゃん！　きのうのラッキーアイテムと今日のラッキーアイテムと」

「でしょ」

里桜はニッとわらった。

「前から持ってて、でも消しゴムいっぱいあるから、使ってなかった」

「すげーな。本物の葉っぱじゃなきゃいけないって決まりはないよな！　四つ葉のクローバーの模様《もよう》がついた何かでも、全然かまわないよな！」

「あの占《うらな》い、信じてる人がクラスにいるって思わなかったー」

そういうなり、里桜ははさみを取り出して、その消しゴムを真っ二つに切った。切った断面《だんめん》にも、四つ葉のクローバーがえがかれている。その一つを竜広のつくえに置いた。

「あげる」

「え、いや、いいの？　明日おれ自分の消しゴム持ってくるから、今日借りるだけでも」

「いい。あげる」

「マジで！」

「だって、わかってくれる人いたの、うれしいし」

「うん、おれもさ、あれ見てるやつクラスにいるって思わなかったから」

「当たるよね？」

「そうそうそう」

里桜とこんなに話が盛《も》り上がるなんて、竜広は今まで考えもしなかった。そして、大切な消しゴムを半分くれるほど、気前がいいなんて。

竜広は、さらに声をひそめた。

「占《うらな》いって信じるんだ？」

「うん、すっごく信じる。タッツは？」

「信じる。前にテレビでやってたんだよ。芸能人《げいのうじん》でもスポーツ選手でもさ、努力が大事だけど、最後は運なんだって」

「そうだね」

「だから、占いで、いい運を引き寄《よ》せるって大事だよな」

「だよねー」

里桜は何度もうなずいてから、続けた。

「よかったー。また占いの話、していい？」

「いいよ、もちろん」

「わたし、うちの家族にいっつもバカにされてるから」

「えっ」

「特にお姉ちゃん。年がずっと上で大学生っていうのもあるんだけど、占《うらな》いは心の動きをうまく操作《そうさ》しているだけ、っていうんだよ」

「ねーちゃん、ふざけんな」

会ったこともないけれど、里桜の体を一回り大きくした人を想像《そうぞう》して、攻撃《こうげき》してみた。

「あはは。ありがとー。お姉ちゃんも、うお座《ざ》なんだよ。だから、毎日、朝ごはんのとき、ラッキーアイテムを教えてあげてんのね。でも、『あーはいはいはいはい』って聞き流される。興味《きょうみ》ないんだって」

竜広がどう返事しようか考えているとき、小山先生が、

「プリントが足りなくて、コピーを追加してたらおそくなっちゃった」

と、両手にプリントをかかえて入ってきた。

「おはよう、みんな」

「おはようございまーす」

竜広は壁《かべ》の時計を見た。八時半を過《す》ぎている。先生がおくれてきてくれたおかげで、里桜と話ができた。

サンキュー、先生。

心のなかでお礼をいった。

小山先生は、ひょろっと背《せ》が高くて体が細い女の先生だ。ほとんどわらうことがないので、最初のうちは怖《こわ》かったのだが、口のはしっこがニュッと持ち上がるときが、先生なりに「大わらい」しているのだということが最近わかってきた。

朝の会の後、そのまま算数の授業《じゅぎょう》が始まった。

先生の説明を聞きながら、竜広は考えた。四つ葉のクローバーがもたらしてくれるラッキーとはいったい何なのか。もしかして……里桜と話せるようになったことだろうか。さっき、前がみの下の目がくりくりっとしてかわいいことに気づいてしまったのだ。

休み時間になったら、もう一度話しかけてみよう。駅前にとても当たる占《うらな》い師《し》が現《あらわ》れたこと、里桜はすでに知っているだろうか。

第②章 〃見える〃人

あれ？　タッツがいっていたのはここのことじゃなかったのかな。占《うらな》い師《し》さん、いないじゃない。

里桜《りお》は、商店街の路地をのぞき込《こ》んでいた。だれもいなくて、うす暗い通路はがらんとしている。

タッツによれば、いつものおばあさんのかわりに、きのうは孫がいたらしい。そのお姉さんの占いはよく当たったそうだ。もっとも料金が千円かかるというから、占ってもらうかどうかは決めていなかった。どちらにしろ今日はお金を持っていない。

もしも占ってもらうとしたら……。恋愛《れんあい》運かなと里桜は思う。

好きな人が今いるわけではない。むしろ逆《ぎゃく》だ。クラスの友達は、みんな気になる男子やむちゅうになっているアイドルがいるみたいだけれど、里桜はまだそういう人がいなかったから。運命の相手はいつごろ現《あらわ》れるのか、聞いてみたかった。

それにしても、けさ学校でタッツと話がはずんだことに、いまだにびっくりしている。雑誌《ざっし》のおかげだ。愛読している「るぅティーン」という女子向けの月刊《げっかん》ファッション誌《し》の占《うらな》いコーナーに、うお座《ざ》でAB型《がた》の女子は、「引っ込《こ》み思案の子も、積極的に人と話してみると、いいことあり」と書いてあったのだ。

そうでもなければ、ほとんどしゃべったことのない男子と会話しようなんて、思わなかった。でも、おかげで「おひさま占い」のファンが自分だけではないとわかったのだ。

タッツは「るぅティーン」も読んでいるだろうか、と一瞬《いっしゅん》考えて、里桜は首を横にふった。女子向けの雑誌だから、タッツは見たこともないだろう。

ふと空を見上げると、日がかたむいてきている。占い師探《さが》しはもう時間切れだ。里桜は急いで横断《おうだん》歩道に向かった。

商店街の前の道はいつも渋滞《じゅうたい》している。だから、あちこちで人が車をすり抜《ぬ》けるようにして、道を渡《わた》っていた。

同じようにすれば、最短距離《きょり》で行けるのに、里桜はどうしてもそれができなかった。

心配だから。

もし、車が急に動きだしたらどうするのだ。後ろから突然《とつぜん》、バイクがやってきたら、どうやってにげるのだ。ひかれてしまうではないか。

回り道になるけれど、きちんと横断《おうだん》歩道を渡って、駅を抜《ぬ》けて駅の裏手《うらて》へ出た。そこから十五分ほど歩くと家に着く。里桜は小走りになった。早めの夕ご飯を食べてから、塾《じゅく》に行かなくてはいけないのだ。

おそいわよ！　とお母さんにおこられるかと思ったら、家にはだれもいなかった。

「お母さん？」

自分の声がみょうに大きくひびく。近所のおばさんと話し込《こ》んでいるのか、外を歩いていて自転車とぶつかったのではないか。車にひかれたのだったらどうしよう。

居間《いま》のテーブルの上に、紙があるのを見つけた。ひっつかんでメッセージを読む。

『リオへ。

おばあちゃんがとても頭がいたいというので病院に連れて行きます。たぶん、かぜね。晩《ばん》ごはんの焼きそばはラップして電子レンジのなかに入っているから、温めて食べて、それから遅刻《ちこく》しないように塾《じゅく》へ行ってね。帰りは、お姉ちゃんにむかえに行ってもらうけど、アルバイトが終わるのが夜八時らしいので、おむかえは八時五十分くらいになるって。それまで塾のビルのなかで待っててくださーい』

「ええっ……」

里桜は何度も文面を読み返した。それから、電子レンジの焼きそばのお皿を、温めずに取りだした。

焼きそばは温かくないものが好きなのだ。ぬるいほうが、ソースの味がくっきり強く感じられる気がして。

静けさのなかで、突然《とつぜん》、

「ヒャッホウ！」

という声が聞こえて、ギクッと体をちぢめてあたりを見回す。

壁《かべ》の鳩時計《はとどけい》が午後五時を知らせただけだった。

「いやだなぁ」

手紙を読み返しながら、里桜はまた声に出す。

まず、今ひとりぼっちというのがいやだ。だれもいない家のなかは静かすぎて、ろうかを何者かが歩いているのではないか、と想像してしまう。

特に、階段《かいだん》を上るのが怖《こわ》い。妖怪《ようかい》がぱっくりと大きな口を開けて、待ちかまえている気がして。

姉の美央《みお》やお母さんがいたら、妖怪はどこかへ消えてしまうのに。ちなみにお父さんは単身赴任《ふにん》で新潟にいるので、週末しか帰ってこないのだった。

塾《じゅく》が終わってから待つように指示《しじ》されたのも気に入らない。授業《じゅぎょう》が終わるのは八時十五分なので、そこからさらに三十五分も待たなくてはいけないのだ。

お母さんは「ビルのなかで待ってて」と気軽に書いているけれど、授業《じゅぎょう》が終わって子どもたちが帰るとすぐにビルの入口は閉《し》まってしまう。だから、外で待たなくてはならない。

それでも、ひとりっきりで夜道を歩くのは絶対《ぜったい》に無理だから、仕方ないのだけれど。

さらに、おばあちゃんの容体《ようだい》が、里桜は心配だった。頭がいたいのは、里桜だって風邪《かぜ》をひいたら経験《けいけん》するが、お年寄《としよ》りだったら、もっと心配な病気が隠《かく》されている可《か》能性《のうせい》もあるのではないか。そうしたら、おばあちゃんは入院して、死んでしまうのだろうか。

里桜は、ぶんぶんとうでをふり回した。いつも、こうやってあれこれ想像《そうぞう》しすぎては、肩《かた》がこってしまうのだった。

とにかく塾《じゅく》へ行かなくては。

大きな声で「おひさま占《うらな》い」のテーマソングを歌って、階段《かいだん》の上の妖怪《ようかい》なんていないのだと自分にいい聞かせながら、二階の部屋に入った。塾《じゅく》のテキストとノートとふでばこを塾専用《せんよう》のトートバッグに入れて、出かけた。

家を出て角を曲がったところで、カギを閉《し》めたか心配になって、いったんもどった。玄関《げんかん》のドアはきちんと閉まっていた。

日が暮《く》れかかっている。

線路のそばに空き地があった。四つ葉のクローバー、消しゴムではなくて、本物を見つけたほうがよかったかもしれない、と、里桜はふと思う。でも「おひさま占い《うらない》」は毎日毎日、新しいラッキーアイテムを紹介《しょうかい》してくれるから、今さらつんでも意味はないともいえる。タッツは、占い師《し》にも「四つ葉のクローバー」がラッキーだといわれたと話していたけれど。

駅のロータリーのすみにぽつんと建っているビル。それが塾だ。商店街は線路をはさんで反対側なので、こちらはバスやタクシーに乗る人たちがうろうろしている他は、人通りは少ない。

塾《じゅく》に着いた。壁《かべ》の貼《は》り紙に近づいて、自分の名前を探《さが》す。三月のテストの成績《せいせき》が発表になり、それによって成績順にクラス替《が》えが行われたところなのだ。

里桜は今までと同じ、二組だった。一クラス十二人で、成績が良い順に一組から三組まであって、里桜は二組と三組を行ったり来たりしている。

教室のなかは自由席だ。里桜は、窓《まど》側の前から二列目が好きなのだが、そこには先に女の子がすわっていた。中白根聖来《なかしらねせいら》だ。よその小学校の子なのに名前を知っていたのは、目がぱっちりしていて、まつげが長くて、里桜があこがれるタイプの顔だからだ。もっとも、足がガニまた気味なのが、わずかに残念なのだけれど。

聖来はふだんは一組にいて、たまに二組に落ちてくる。でも、そのときいつも里桜は三組にいたので、こうやって同じクラスになるのは初めてだ。

里桜は、となりの席まで行った。

いきなり話しかけたら、きらわれてしまうだろうか、と心配になる。聖来が他の女子といるところを、あまり見たことがない。友達とべたべたするのが好きではないのかも。

でも、「るぅティーン」の占《うらな》いがまた頭をよぎった。そうだ。今月は積極的に話しかけなくては。里桜は決めた。

「ここいいかな？」

となりの席を指すと、聖来はぱっと顔を上げた。

「ああ、うん！　どうぞどうぞ」

聖来はにっこりとわらいかけてくれた。里桜はどきっとした。わらうと、さらにかわいいから。ふつうの子みたいに目を細めることなく、目を大きく開けたまま、口元をきゅっと上げることで笑《え》みを作っているのだ。

口元のはしっこだけわずかに上げる小山《こやま》先生とはだいぶちがう。

家に帰ったら、鏡を見ながら聖来のマネしてみよう、と里桜は思った。

今日の授業《じゅぎょう》は、国語と社会だ。国語ではいきなり漢字の小テストがあって、十問中四問はまったくわからなくて、里桜はそれだけでへとへとにつかれてしまった。

だから休み時間になって、聖来に、

「ベランダに行かない？」

と誘《さそ》われると、喜《よろこ》んでついていった。聖来は、チョコレートのスティック菓子《がし》を小さなふくろから取り出した。

「教室で食べると、ずうずうしい男子が『ちょうだい』っていってくるからさぁ。これ、どうぞ」

里桜は、ずうずうしいと思われないように、少し先の欠けた短いスティックを一本だけもらった。

「ねえ、松崎《まつざき》さんって、好きな男子とかいないの？　アイドルでもいいけど」

「えっ」

いきなり、修学《しゅうがく》旅行の夜のような話題になって、里桜は下を向いた。こういうとき「いない」というと、隠《かく》し事をしているように思われるかもしれない。本当にいないのだけれど。それに、つまらない子だと思われてしまう恐《おそ》れがある。

里桜は思いついた。

「ちょっと気になるのは……となりのクラスの男子」

「へえ！　名前は？」

聖来が目をきらきらさせて、お菓子《かし》の箱をまた差し出してくるので、里桜はいいだしてよかったと思いながら、スティックをもう一本もらった。

「和馬《かずま》くんっていうんだけど。野球やっててね、カッコいいんだ。クラスの女子もみんなそういってる」

うそをいったわりに、罪《つみ》の意識《いしき》はそんなになかった。和馬がうちのクラスの女子たちに人気なのは事実で、ふうんああいう男子がカッコいいのか、と里桜がなっとくしたのも事実だから。

「いいねー、そんな人気者の男子がいて」

聖来は、答えに満足してくれたようだった。

それで、中白根さんは？　と里桜は聞きたかったのだが、短い休み時間はあっという間に終わってしまった。

二時間目の社会では先生に指名されて、山脈《さんみゃく》の名前をまちがえていってしまったし、さんざんだったけれど、でも、聖来のとなりにいるだけで楽しくて、里桜はいつもよりも時間が早く進む気がしていた。

午後八時十五分。ベルが鳴って、授業《じゅぎょう》が終わった。

急いで出てもしょうがないことを思い出して、里桜はのろのろと片《かた》づけをした。

「ねえ、どこに住んでいるの？」

聖来が話しかけてきた。

「あ、桜山《さくらやま》だよ。っていっても、山の下のほうだけどね。ここから歩いて十五分くらい」

「じゃあ、近いんだね」

会話が終わってしまった。

里桜は、あわてて質問《しつもん》を返した。

「どこに住んでるの？」

「わたしは、駅から徒歩一分のマンション」

「ええっ、もっと近いじゃない！」

「でも、となりの駅だけどね。電車乗らないといけないんだ」

「ああ、そうか」

先に荷物をしまい終えた聖来は、立ち上がって、里桜のことを待ってくれている。

里桜は、トートバッグをかかえて、聖来といっしょに教室を出た。

「ちょっとトイレに行こうと思うんだ」

どうせ、急いで下におりても仕方ないし、と思いながら里桜がいうと、聖来は、

「あ、わたしも行こうと思ってた」

といってくれた。本当は別に行きたくないのにつきあってくれているんだろうな、
という気がして、里桜は、聖来ともっともっとなかよくなりたくなった。もし、聖来

の好きなアイドルがいるなら、自分もそのグループを応援《おうえん》したいとさえ思ってしまう。

トイレは真っ暗で、入ると自動的に電気がつく仕組みになっている。洗面台《せんめんだい》が二つ並《なら》んでいて、その奥《おく》に個室《こしつ》が三つある。

里桜が洗面台の前を通り過《す》ぎようとしたとき、後ろからぐっと肩《かた》をつかまれた。聖来だった。

「ダメ。行かないほうがいい」

「え？」

「見えない？　そこにおばあさんがいる」

「え……」

「やっぱり見えないよね」

「あの、中白根さんってそういうのが見える人なの？」

聖来はこくこくとうなずく。

「とにかく出よう」

引っ張《ぱ》られるようにして、里桜はトイレの外に出た。

「わたし、もうトイレ行かなくていいや」

「二階だけだよ。一階のトイレならきっとだいじょうぶ」

「ほんと?」

「そっち行こう」

「う、うん」

連れだって、一階に下りる。

「さようならー」

受付の職員《しょくいん》の人があいさつしてくれたので、

「ちょっと、トイレに」

と、里桜は断《ことわ》ってから、ろうかの奥《おく》へ向かった。そして聖来のほうをふり返る。

「ここは……変な人、いない?」

聖来は、かみの毛を手でしゅっとカッコよくすいてから、トイレへ先に入ってくれた。

「うん、ここはだれもいない。心配しなくていいよ」

保証《ほしょう》してもらって、里桜はふーっと息をはいた。

「ありがと」

トイレを出た後、ふたりで受付の前を通り、職員《しょくいん》に、

「さようなら」

とあいさつをして外に出た。

ビルの横には電柱があって、上のほうにくっついている街灯が、白い光を放っている。あとはビルの窓《まど》からもれている明かりだけが頼《たよ》りだ。でも、ブラインドを下までおろしているので、もれてくる光はごくわずかだった。

里桜は立ち止まった。

「ごめん。わたし、ここにいなきゃいけないの」

「どうして帰らないの？」

「お姉ちゃんを待たなきゃいけないんだ」

里桜は、事情《じじょう》を説明した。

できる限《かぎ》りゆっくり話して、少しでも聖来を長く引きとめたかった。聖来が帰ってしまったら、急にさびしくなるから。駅前といっても、電車は一時間に四本しかないので、今、ロータリーを歩いている人は二、三人しかいないのだ。バスは一台もいなくて、タクシーが二台だけ、乗り場に並《なら》んでいる。

その気持ちが通じたのか、聖来がいいだした。

「つきあってあげるよ」

「え？」

「待っててあげる。お姉さんが来るまで」

「ダメだよ。だって家の人、心配する」

「だいじょうぶ」

聖来はバッグからスマートフォンを取り出して、何か書き込《こ》んだ。

「お母さんに、電車一つか二つおくれるって書いてメール送っといた。駅に着いたら、ホームからマンション見えるんだもん。全然心配じゃないの」

「ありがと～」

里桜は感謝《かんしゃ》の気持ちをおおげさにしめしたくて、聖来にぺこっとおじぎをした。

「ううん、いいの。だって、松崎さん、心配なんだもん」

「心配って……？」

「今、そこに血だまりがあるのも、見えてないんでしょ？」

「チダマリって何？」

聖来が指さした方向を、里桜はおそるおそる見た。そこは、バスターミナルの一番はしで、街灯の明かりがとどかず、暗がりになっている。

「水たまりみたいに、血がたまってるってこと」

「え、見えない……」

「見えないほうが楽だよ、きっと」

そういって、聖来はその暗がりに目を向けながら話し始めた。

「ここで、前に事故《じこ》があったんだね。きっとその人は死んじゃったんだと思う。ふつうなら、血だまりのそばにゆうれいがいるものだけど。でも、ここにはゆうれいがいない。たましいの弱い人だったのかな」

「たましいが……弱いって？」

「ゆうれいになるのって、思い残したことがある人とか、うらみがある人なわけ。そういう強い気持ちはないけど、でも、もっと生きたかった、っていう後悔《こうかい》が残るとき、こういう血のあとだけが残ってるパターン、あるんだよね」

「怖《こわ》い……」

「でも、ただの血の水たまりだもん。だれかに危害《きがい》を加えるわけでもないし。ゆうれいがトイレから出てくるほうがびっくりするよね」

聖来は肩《かた》をすくめて、苦わらいをしてみせた。里桜はいっしょにはわらえなかった。もっとちがう話をしたかったのに、つい聞いてしまう。

「さっきいってたおばあさんも、ゆうれいなわけだね？」

「そうそう」

「見えるってことは、そのおばあさんは強いうらみを持ってるのかな？」

「塾《じゅく》の子にうらみがあるってわけじゃないみたいよ」

「そうなの？　話をしたの？」

「しないよぉぉ」

体を二つ折りにして、聖来はわらった。

「死んでる人なんだから、生きてる人間とはしゃべれない。あたしはただ、見えちゃうだけなの」

「そっか」

「あ、でも声は聞こえるよ」

「えっ」

「おばあさんは、『こうじゃなかった』『こうじゃなかった』って、何度もつぶやいてるの」

「え……それってどういう」

「たぶん、ビルが建つ前に住んでた人なんじゃないかと思う。それで、取りこわされた自分の家と全然ちがうからとまどってるんだよ。家に対する想《おも》いがすっごく強い人なんじゃない？　自分の家が大好きだったのか、それとも何か探《さが》し物をしてるのか。あたしが事情《じじょう》を説明してあげて、向こうが聞くことができたら、きっと楽なんだろうけどね」

「すごいね、中白根さんって」

里桜は、相手の顔を見ていうのは、なんだか照れくさくて、聖来の手元に目を向けながらいった。

「ゆうれいの気持ちに立ってあげて。わたしがもし、そういうの見える人だったら、考えたくても考えられないな。怖《こわ》くて怖くてたえられない」

聖来はほほえんだ。教室ではとてもかわいらしい笑顔《えがお》だったのが、この場所だと、街灯に中途半端《ちゅうとはんぱ》に照らされて、高い鼻がほっぺたに大きな影《かげ》を作って、少し不気味に見える。

「うーん、昔からだからなぁ。怖《こわ》いっていうんじゃないの。たいくつなときとか、ゆうれいが見えると楽しいしね」

「楽しい!?」

「授業《じゅぎょう》中なんかにね」

「え！　さっきの授業でも？」

「ううん、安心して。塾《じゅく》にはあのおばあさん以外はいないから。おばあさん、教室に入ってきたことはないし」

「よかった……」

「学校の授業。うちのクラスにいるんだ」

「やだ……そんなの」

何度も何度も、里桜は首を横にふった。自分だったら、学校に通えなくなる。

「女の子でね。あたしより長いかみ。背中《せなか》まであって。いっつも赤っていうか、あずき色のジャンパースカート着てて、白いセーターをなかに着てるの」

「服、いつも同じなんだ……」

「あはは、そこ？　松崎さんっておもしろいねー。ゆうれいはそんなファッションに気をつかわないでしょ」

「ああ、うん」

「うちのクラスで昔授業《じゅぎょう》受けてた子で、死んじゃったんだと思う。勉強がきっと好きだったんだね。授業を聞かずにぼんやりしたり、別のことやってる子がいると、その子の横に行って、そっとのぞき込《こ》んでるの」

「や、やだよー」

「うん、ちょっと変な感じだよね。サボってる子は、なんにも知らずにいたずら書きとかしてて、それを、ゆうれいは上からじーっと見てる感じなの」

「教室をうろうろしてるの？」

「そう。ふっと現《あらわ》れてね。あれ、いなくなったと思ったら、この間なんてどこに行ったと思う？」

「え、全然わからない」

「休み時間に、教室の後ろのロッカー開けたらね、そこにうずくまってたの」

「いやーっ」

聞かなければよかった、と里桜は耳をおさえたけれど、もうおそい。

ちょうどそのとき、塾《じゅく》の一階の電気がぷつっと消えた。それは教室の電気だった。

事務室は明かりがついているのでまだ人がいるようだけれど、職員《しょくいん》や先生たちは裏口《うらぐち》からどんどん帰っているらしかった。

「そういえば、この間、おもしろかった」

くすくすと聖来はわらった。

「授業《じゅぎょう》中に、いなくなったなー、って思って、でも何か感じて、天井《てんじょう》を見上げたら、蛍光灯《けいこうとう》のライトにね、すわってたの」

「ええっ、ゆうれいが？」

「うん。つりさげ型《がた》のライトなのね。天井《てんじょう》から下がってて。ブランコみたいに、そこにすわってるんだもん。おかしくなっちゃって。みんな知らないんだもんね」

「うちの学校の教室にもいるのかも……中白根さんみたいな人がいないから、だれも気づかないだけで」

「いるかもね」

「え、もう教室行きたくない。いろいろ想像《そうぞう》しちゃう。うちのクラスにもゆうれいがいるとして、その子みたいにおとなしい子じゃなくて、学校にうらみのある子だったりして」

「ありうるよね」

「ねえ、どうしたらいい？　中白根さん、あたしたちの教室に、見に来てくれないかな」

「そんな、行けないよ」

「だよね。わかってるんだけど。もうやだー。明日、学校休みたい」

そのときだった。後ろから、大人の女の人が声をかけてきた。

「どうして学校休みたいって？」

「ヒィィーッ」

里桜はさけんで、しりもちをついてしまった。両手もバッグも、地面にふれてしまってよごれた。ばい菌《きん》がついたらどうしよう、と心配になる。

それでも、声をかけてきた人のほうを見上げた。

「せ、先生！」

後ろに立っていたのは、学校の担任《たんにん》の小山先生ではないか。街灯を背《せ》にしているので、顔が暗く見える。ひょろりと背が高いので、影《かげ》も細くて長い。

「さっきから、松崎さんが『いやーっ』とかさけんでるから、ロータリーをぐるっと回ってきたの。ほんとは駅に行くところなんだけどね」

そう説明されて、里桜は、先生がわざわざ様子を見に来てくれたことを知った。

「すみません」

ぺこりと頭を下げた。学校の外で会うと、ふだんとはちがう先生に見えて、かしこまってしまう。

そして聖来に伝えた。

「わたしの担任《たんにん》の先生なの。小山先生」

「ふうん」

聖来はじろっと目をやって、小山先生の背後《はいご》をのぞくしぐさを見せた。

「明日、どうして学校を休みたいって？」

先生にあらためて聞かれて、里桜は口をつぐんだ。ゆうれいが確実《かくじつ》にいるというなら相談できるけれど、聖来の教室とちがって、「いるかもしれない」だけなのだ。

するとかわりに、聖来が口を開いた。

「ゆうれいが教室にいるかもしれない、っていう話です」

「ゆうれい？」

先生は、フン、とわらった。とてもバカにしたわらいかたで、聖来がきっと気を悪くする、と里桜は感じてあわてた。

「先生は信じないんですか？　このビルのなかだって、さまよってるんですよ？　さっきいたんです」

里桜は塾《じゅく》の建物の二階部分を指さした。

「おばあさんのゆうれいが、トイレにぼうっと出てきて」

「松崎さん、それ自分の目で見たの？」

「え？　わたしじゃなくて中白根さんが」

「自分の目で見てないんだよね？」

「え、あ、はい。だから――」

もう一度、状況《じょうきょう》を説明しようと、里桜は口を開きかけたが、先生のほうが早かった。

「ゆうれいなんて、存在《そんざい》しません」

「はぁ？」

挑戦的《ちょうせんてき》に、聖来があごを突《つ》き出す。先生は、里桜ではなく、まっすぐ聖来のほうを見た。

「あなたはデタラメをいっている……とまではいいません。ただ、あなたは自分の想《そう》像《ぞう》をふくらませて、見えているつもりになっている。見えている気がしているだけ」

フフ、と聖来はわらった。さっきの先生のわらいかたとても似《に》ていて、バカにしている感じだ。

里桜は、どうしていいのかわからなくなって、ロータリーに目をやった。早く姉がむかえに来てくれたらいいのに、と思う。

「ゆうれいの存在《そんざい》に気づかない人は、くやしいから、そんなものいないっていいたいんですよねー。でもね、先生だってとりつかれてるんですよ」

「え？」

と、先生は首をかしげた。

「先生の後ろになんかいるもん。男の人だなー」

目を見開いて、里桜は先生の背後《はいご》を見た。そういえば、先生が現《あらわ》れたとき、聖来がその後ろのほうを見ていたことを思い出した。

自分がもし、後ろにゆうれいがいるなんていわれたら、恐《おそ》ろしくて歩けなくなってしまう。里桜は鳥肌《とりはだ》が立つのを感じた。鏡の前にも立てない。もしもゆうれいがふっと映《うつ》ったら……。

「わたしの後ろのほうに男の人がいるなら、それは馬場《ばば》先生だから」

「え？」

里桜はその方向を見た。だれもいないバス停《てい》の前に、ぽつんと立っているのは、たしかに六年二組の担任《たんにん》の馬場先生だ。

「今まで会合でいっしょだったのよ」

先生はさらりと答える。聖来は鼻にしわをよせた。

「わたしがいってるのは、あんな遠くにいる人のことじゃなくて、すぐ真後ろのゆうれいです。背《せ》が高くて、先生の背中におおいかぶさるように見てるんだよ」

「いいえ、そんな人は絶対《ぜったい》いません」

まったくひるむことなく、先生はきっぱりいった。

聖来は目を丸くした。

「へえ！　そんなこといいきれちゃうんだ。背《せ》が高い知り合い、ひとりもいないんですか」

「そうね、わたしの祖父《そふ》は背が高かったけれど――」

「その人かも！」

「ゆうれいになって出てくるなんて、ありえませんから。あなたはきっと、そういう空想を口にすることで、注目されたいのね」

「は？」

聖来は左手に持っていたバッグを右手に持ち直した。その際に、思いきりふり回したので、ブン、と小さな風が起きた。

「そういうことをいう人は、気味が悪いけれど、無視《むし》するわけにはいかないものね。

だから、あなたは注目される」

「ちょっ、何いって――」

「でもね、わたしのように、別に気にしない、という人ばかりじゃない。なかには、もう学校へ行きたくない、行くのが怖《こわ》い、そうおびえてしまう人がいる。あなたはそのことについて、どう思う?」

「どうって、知らないよ。あたしは目に見えることをいってるだけなんだから」

「人に見えないものが見えるといいはるなら、その影響力《えいきょうりょく》を考えなくちゃダメ。旅行で友達と怪談《かいだん》を話して盛《も》り上がるときなら自由よ――」

「怪談ってうそっこの話でしょ! あたしの話を、うそといっしょにしないでよ」

「聞きたくない人に無理やり聞かせちゃダメ。少なくとも、松崎さんは本当におびえてるから、もういわないって約束してちょうだい。これは、担任《たんにん》の先生としてのお願い」

里桜は、口をはさめなかった。

先生、そんなことといわなくていいよ。わたし、これからも聖来ちゃんの話、聞きたいもん！　とさけぶことはできなかった。

今の言葉を聞いて、里桜はわかった。

自分は聖来に、怖《こわ》い話をやめてもらいたかったのだ……。

聖来は声を張《は》り上げた。

「はーい、わかりました。松崎さんにゆうれいがへばりついてたって、わたしは何もいいませんから！　後ろからゆうれいがのぞき込《こ》んでたって、わたしは何もいいませんから！」

「そういうことをいうのもやめなさい」

先生がしかると、聖来は駅に向かって歩きだしながら、ふり返った。

「名前、小山先生でしたっけ。小山先生に不幸なことが起こりますように！　きっと起きる！」

そして、背中《せなか》を向けてダーッと走りだした。

ぼうっと里桜が見送っていると、タクシー乗り場のわきで、聖来は女の人とすれちがった。姉だった。

「あ、やっと来た」

小さく手をふりながらつぶやくと、小山先生が里桜を見下ろした。

「おむかえが来たのね。じゃあ、また明日ね」

「あの！」

「何？」

「先生、だいじょうぶかな」

「ん？」

「不幸が起きますように、って……いわれてた」

「長く生きてれば、そりゃ不幸なこともあるかもしれないね」

「えっ？」

「でも、それは、あの子とは何の関係もないことなの。あの子のせいにしたりしない。

気持ちを強く持つことが大事。ね？」

小山先生は、くちびるのはしをちょこっとだけ上げて、つまり先生なりににっこりとわらった。近づいてきた姉と少しあいさつを交《か》わしてから、先生は来たほうへもどり、馬場先生と合流した。二つの影《かげ》がゆっくりと移動《いどう》していく。

「へー、塾《じゅく》の先生が、待つの、つきあってくれてたの？」

姉はカンちがいしている。

「ううん、学校の担任《たんにん》の先生だよ。小山先生」

「あ！　ときどき里桜が話してる先生ね。へー、あの人が」

「ねえ、お姉ちゃん。もしだれかに『あなたに不幸が起きますように』っていわれたら、怖《こわ》くない？」

「は？　人の不幸や幸せをコントロールできる人間がいるなら、世のなか全体を取り仕切ってほしいわ」

「信じないってこと？」

「まーったく信じないね。むしろ、人の心理につけ込《こ》んで、そういうことをいうやつは、わたしが徹底的《てっていてき》に論破《ろんぱ》してやる。これでも大学で心理学専攻《せんこう》なんだからね！」

小山先生にしてもお姉ちゃんにしても、どうしてこんなに強いんだろう……と里桜は思う。自分は、また来週、塾《じゅく》に行って聖来と顔を合わせるのがちょっと怖《こわ》い。

＊

次の日の朝、「おひさま占《うらな》い」のうお座《ざ》のラッキーアイテムは、ハンドクリームだった。家を出る前に、里桜は姉のクリームをこっそり借りて、両手の甲《こう》にすり込んだ。

登校して、げた箱でくつをはきかえていた里桜はびくっとして立ち止まった。

ちょうど、となりのクラスの和馬が現《あらわ》れたのだ。荷物のかわりにサッカーボールを持っている。

早く登校して、サッカーをやって遊んでいたみたいだ。放課後は野球をやるので、朝はサッカーと決めているのかもしれない。

きのう、好きな男子として名前を借りてしまったので、あらためて見てしまう。カッコいいかなぁ。里桜にはやっぱりよくわからなかった。

和馬は仲間たち五人くらいとわらい合いながら、教室のほうに向かった。

里桜は、くつをもどして、少し時間をおいてから、階段《かいだん》を上った。教室の引き戸からなかに入ったところで、聖来の話を思い出してしまった。

天井《てんじょう》からつりさげられた蛍光灯《けいこうとう》が、わずかにゆれているように見えるのだけれど、窓《まど》から入り込《こ》んできた風のせいか。それとも、ゆうれいがぶらさがっているからなのか。

よく見ると、蛍光灯はしっかり固定されていて、ゆれているはずはなかった。気のせいだ、気のせい。そう自分に言い聞かせながら、里桜は着席した。

「よう」

肩《かた》をつつかれて、ハッとした。

「何？」

顔を上げると、タッツが白い紙を一枚《まい》、渡《わた》してきた。はしのほうにひもがついている。

「しおり。こんなの使わないかもしれないけど」

「ん？　作ったの？」

なんで自分にくれるんだろう、と里桜は首をかしげながら紙をうらがえした。

「あ！」

本物の四つ葉のクローバーの押《お》し葉だ。とうめいのセロファンのなかにおさまっている。

「これ、どうして」

「消しゴムもらったお礼」

「えー、いいの？　葉っぱ、自分で見つけたの？」

「そう。もう『おひさま占《うらな》い』のラッキーアイテムは変わっちゃったけどさ、でも、もともと四つ葉のクローバーってラッキーなんだろ？」

「うん、そうだね。しおりにしちゃうなんてすごい」

「たまたまさぁ、三ついっぺんに見つけたんだよ」

「え！　四つ葉のクローバーが並《なら》んでたってこと？」

「そうそう。そんなにたくさんおれが持っててもしょうがないし、ってわけで、おすそわけ」

「え～、ありがとう」

里桜はちょっとホッとした。四つ葉のクローバーのおかげで、蛍光灯《けいこうとう》にぶらさがっているかもしれないゆうれいが、少しだけ怖《こわ》くなくなった。

「お守りにするね」

「え、お守り？　そんなおーげさなもんじゃないんだけど」

「塾《じゅく》にゆうれいがいるから、クローバーに守ってもらう」

「それじゃお守りっつか、魔《ま》よけ？　ていうかさ、塾にゆうれい出んのかよ！」

「そうらしいんだよねえ。タッツはゆうれいって信じる？」

「そりゃいるだろ。おれは見えねータイプだけど」

「だよね、わたしも」

もっと話したかったが、里桜は口ごもった。ゆうれいの話でもし盛《も》り上がってしまったら、小山先生におこられそうな気がしたのだ。

ゆうれいなんて、いません！

先生が来る前に、里桜は、四つ葉のクローバーのしおりをバッグの内ポケットにしまった。

第3章

負けおばさん登場

「うわー、クソ。なんだよ。今、イレギュラーしたよ！」

地面がへこんでいたみたいで、取れるはずだったボールが変な方向にはねた。取り損《そこ》なって、和馬《かずま》はグラウンドにはいつくばった。土のにおいが立ち上る。ユニフォームの胸《むね》からおなかのあたりまで、幅広《はばひろ》く茶色によごれた。

「おおお？　和馬。ケガしたのかよ」

近寄《ちかよ》ってきたのは、セカンドを守っているタッツだ。あわてて立ち上がった。

「いや、だいじょうぶ。なんか足を取られてさ」

自分のエラーのせいで、ランナーが出てしまったので、

「わりぃ」

と、和馬はチームメイトたちに手を挙げて謝《あやま》った。

和馬が所属《しょぞく》しているのは、七星《ななほし》少年野球チームだ。今度の市大会で優勝《ゆうしょう》を目指している。去年は一回戦で負けてしまったから、今年は絶対《ぜったい》リベンジしよう、というのがメンバーの合言葉だ。

それで現在《げんざい》、練習試合の真っ最中なのだった。

チームがいつも使っている広町《ひろまち》公園グラウンドに、となりの市の竜田川《たつたがわ》ファイターズが来てくれた。

和馬は六年生でキャプテン。ポジションはショートだ。反射神経《はんしゃしんけい》がいいよな、と監督《かんとく》はほめてくれる。おまえが守りの要《かなめ》だからいつも集中しろよ、と。

なのに……油断《ゆだん》してしまったようだ。集中していたつもりだったのに、相手のバッターが打ったへいぼんな内野ゴロに、飛びつくのが一歩おくれてしまったのだった。

「いいよいいよ、あとはおれがしっかり投げておさえるから」

三尾《みお》がそういって、マウンドに立つ。その後ろ姿《すがた》は大きくて頼《たの》もしい。去年まで和馬と同じくらいの身長だったのに、三尾だけ急にぐーんとでっかくなったのだ。今では百七十センチ近い。だから、うでを大きくふって投げる球は、勢《いきお》いがある。

ただ、球がたまにすっぽ抜《ぬ》けることがある。たった今投げたボールもそうだ。ストレートのはずなのに、ふわーんと空中で大きくカーブをえがいて、ゆるいスピードになったものだから——。

カキ———ン！

ファイターズの二番打者が、ホームランを打ってしまった。ボールは木立の向こう、公園墓地《ぼち》のほうへ消えていった。五年生が走って取りに行ってくれているのが見えた。

「あれれれ？」

三尾は首をかしげている。

その後も、守りのミスが続いた。一方で、なかなか打てない。結局0—6で負けてしまった。

試合後、監督《かんとく》はうでぐみをしていた。あんまり長くない足を、ムン！　とふんばっている。ぼうしを深くかぶっているので、顔の表情《ひょうじょう》はよく見えないのだが、わらっていないのは明らかだった。

タッツたちは急いでトンボかけをした。トンボというのは、荒《あ》れたグラウンドの土をきれいにならすホウキのようなものだ。

終わってから、監督《かんとく》の前に整列した。負けた日は、どうしても顔が下を向いてしまう。

監督は重々しくいった。

「このままだと、市大会で一回戦を勝つことはできないな。ミスをした者は反省するように。じゃあ、今日は解散《かいさん》！」

「ありがとうございました！」

みんなであいさつをして、この日は終わりになった。

三尾はラララ～と歌を口ずさみながら、荷物を片《かた》づけている。

和馬は、そばに近づいた。

「悪いとこばっかり出たな。今日の試合」

「まあ、ミスを出しつくしたって考えたらいいよ。本番はだいじょうぶじゃね？」

一般的《いっぱんてき》に、ピッチャーはせんさいな選手が多いというけれど、三尾は勝っても負けても、いつもこんなふうに、前向きに答える。

三尾の返事になっとくして、和馬が、

「うん、たしかに今日みたいなことは、めったにないよな」

とうなずいたときだった。

「試合に負けた原因《げんいん》、おれは全然ちがうとこにあるんじゃないかと思うんだけど」

会話に入ってきたのはタッツだった。

タッツは副キャプテンで、小柄《こがら》だけれど、うちのチームで一番足が速い。

「なんだよ、何か気になることでもあるのかよ」

と和馬はたずねた。

タッツはグラウンドの向こう側にある木の下を指さした。

「あそこに、おばさんがいるだろう？」

「知ってる。野球が好きみたいで、ときどき来てるよな？」

そう和馬はうなずいた。

おばさんとおばあさんの境目《さかいめ》みたいな人だ。かみの毛は三分の二くらい白くて、遠くからだと灰色《はいいろ》に見える。背中《せなか》をちょっぴり丸めながら、こっちをながめている。

前に一度、「差し入れをどうぞ」ってみかんを十個《こ》くらいもらったことがある。

タッツは声を落とした。

「あのおばさんが見にくるとさ、おれたち、必ず負けるんだよ」

「え？　関係ないだろ」

「マジマジ」

「けど、あの人、おれらのチームを応援《おうえん》してくれてるんだよな？」

タッツはうなずいた。

「ああ。でもさ、あの人は『負けおばさん』なわけ。だって、先月の練習試合も、先々月も、その前も、あの人が来ると負けた」

「ウソだろ?」

「最近、気になってチェックしてたんだ。まちがいないよ」

「さすがタッツ」

和馬が「さすが」といったのにはわけがある。タッツは、そういう「縁起物《えんぎもの》」や「ジンクス」をいつも気にしているのだ。たとえば、シューズをはくときは右足から、グラウンドに入るときはマウンドにおじぎをする、とかいろいろな約束事を自分で作って、それを守っている。破《やぶ》ると、試合に負けたりケガをしたりしてしまうらしい。占《うらな》いなども信じているそうだ。

「全然気づかなかったよ」

三尾が目をまんまるにしている。

和馬は、「さすが」とはいったものの、すべて真に受けているわけではない。日ごろから、タッツのジンクスは多すぎると思っていたのだ。気にしすぎではないだろうか。それで抵抗《ていこう》してみた。

「でもさぁ、うちのチーム、負けてばっかりじゃないよ。三週間前の練習試合は勝ったろ?」

「あのときは、このグラウンドじゃなかったろ?　相手チームのグラウンドに行った。だから負けおばさん、来なかったんだよ」

「うわ、そっか」

「負けおばさん、マジで『負け運』を持ってくるのかもしれないな～」

三尾がみょうに感心している。

そのとき、和馬は気づいた。

「市大会は、このグラウンドじゃない。市民スタジアムでやる。だから、負けおばさんは来ないから勝てるってわけだ!」

「そうか。そういえばそうだ。よかった」

タッツがホッとした顔でわらった。すると三尾が声を落としてささやいた。

「あれ?　負けおばさん、こっちに向かって歩いてくるよ」

「え？」

和馬たちは会話をやめて、そちらを見た。負けおばさんは意外と早足で、グラウンドを突《つ》っ切ってあっという間にこっちへ来た。

「あなたたち、おつかれ。残念だったね」

ほっそりしていて、茶色いバッグをななめがけしている。にこっとわらうと目の周りにしわが集まった。

「ど、どうも……」

「ねえ、来月、市大会なんですってね？」

「はい」

「あたしね、あなたたちが勝つことを願ってるの。見てると、自分の孫たちみたいでね。大会は市民スタジアムよね？　応援《おうえん》に行くからね」

タッツがだまって頭をぽりぽりかいているので、和馬はかわりに、ていちょうにお断《ことわ》りした。

「えっ。そんな、わざわざ申し訳《わけ》ないので、だいじょうぶです」

でも、おばさんは気にしていない。

「いいのいいの。お菓子《かし》を持っていくつもりだから、よかったら食べてちょうだいね。みんな、どんなお菓子が好きかしらね」

なんて返事すればいいかな、と和馬はタッツと顔を見合わせた。迷《まよ》ってる間におばさんは、

「じゃあね。来週末も練習試合あるのかな。また見に来るね」

そういって、去っていった。

「どうしよう……」

和馬たちは顔を見合わせた。負けおばさんが来たら、市大会は確実《かくじつ》に一回戦負けということなのか？

＊

和馬が家に帰ると、兄が食卓《しょくたく》で数学の教科書を開いて、宿題をやっていた。メガネをかけている兄は、中一よりももっとオトナに見える。

自分の部屋でやるより、食卓のほうが集中できるのだと、兄は主張《しゅちょう》する。「お兄ちゃんはほんとよく勉強してえらいわね」と、お母さんはほめちぎる。和馬は、特別、成績《せいせき》が悪いというわけでもないのだが、兄と比《くら》べるとやはりいろいろ足りない。もっと勉強ぎらいの兄だったらよかったのに、とときどき思う。

和馬は、兄の数学の教科書を手に取った。

「ふーん、意外とかんたんそうだね」

最初のほうのページをぺらぺらとめくりながら、にくまれぐちをたたいた。字が大きくて、わかりやすそうに見える。自分が小六、兄ちゃんは中一。たった一年ちがいで、そんなすごいちがいがあるわけないはずだ……と和馬は思いたかった。

兄は、和馬の手から教科書を取り上げて、まんなかあたりを開いた。

「おまえには、まだわかんないよ。マイナスとマイナスのかけ算とか、わかるか？」

「ん？」

「たとえば、マイナス２×マイナス４＝プラス８。マイナスのものとマイナスのものをかけ合わせたらプラスになるんだぜ」

「あーなるほどなるほど」

くやしい……よくわかんない、と和馬は歯ぎしりしたいのをこらえて、何気ないふうを装《よそお》った。

そして、和馬はあらためて決心した。

野球の大会、絶対《ぜったい》勝たなくちゃ！　と。

兄は運動が苦手で、中学では囲碁将棋《いごしょうぎ》部に入っている。勉強で差をつけられるなら、せめて運動で勝負するしかない――。

＊

タッツが名案を思いついた。負けおばさんの家のポストに、「大会の会場が変わりました」というチラシを入れるアイデアだ。それを見たおばさんが当日ちがう場所に行ってくれたら、自分たちは勝つことができるはず！　という作戦だった。

おばさんに申し訳《わけ》ない気もするが、どうしても勝たなくてはいけないのだから、やむを得《え》ない。和馬はもちろん賛成《さんせい》した。

おばさんの名前は石岡《いしおか》といって、広町公園のすぐ近くに住んでいる。前に、家から出てくるところを和馬は見たことがあって、だから知ってたのだ。

和馬とタッツと三尾。その三人のなかでは三尾が一番字がうまいから、チラシを書く担当《たんとう》になった。

「オトナの字に見えるし、たぶん本物だと思うだろ」

できあがったチラシを見て、和馬とタッツはうなずきあった。

なのに、そくざにバレてしまった。チラシを入れた火曜日の放課後、負けおばさんはグラウンドに来て、監督《かんとく》に直接《ちょくせつ》たしかめてしまったからだ。

「え、チラシ？　そんなもの作ってないですけどね。見まちがいではないんですよね？」

監督は首をかしげ、負けおばさんは、

「やっぱりね。急に変更《へんこう》になるなんて、おかしいと思ったの。市民スタジアムよね！」

といっている。

「おれたちのしわざだって、バレなくて助かったな……」

タッツが和馬にささやいてきた。

「マジで監督におこられるとこだったよ」

と、和馬が答えると、タッツはため息をついた。

「負けおばさんのうらみも買うとこだったよ。あぶねー」

「もし、おばさんが本当は勝ち負けと何も関係なかったら、おれたちひどいことしてるよな」

「それはない。あの人が負けを連れてくるのは、まちがいないんだ」

タッツはきっぱりいいきった。

とにかく、負けおばさんが来るのを止められないことはわかった。

「どうする？」

タッツが頭をかかえている。和馬はいった。

「もう少しアイデアがないか考える。とりあえず今は練習をがんばるしかないよ」

三尾がうなずいた。

「そうだよな。負けおばさんのパワーに負けないくらい、おれたちが強くなればいいんだもんな！」

体力がなくなってバテてしまったらいけない。だから和馬たちは朝、学校へ早めに来てランニングすることにした。

バットの素振《すぶ》りの回数を、いつもよりも百回増《ふ》やした。守備《しゅび》の練習も、今までは失敗しても、「まあいいか」って思いがちだったが、「これでミスしたら、試合終了なんだ」などと自分でイメージを作って、ぼんやり雑《ざつ》にプレーしないようにした。

野球はチームプレーだから、三人だけがんばってもしょうがない。それで、チームメイトにも「負けおばさん」の話をした。

みんな最初は信じてくれなかった。ゆいいつの女子メンバーのマミは、

「ええ～、だったら当日、ホースでおばさんちの屋根に水をかけて、『雨だから試合中止だわ』って思わせればいいんじゃん？」

と、じょうだんをいっていた。

でも、その週の土曜日の練習試合。チームはボロ負けした。

試合開始前、負けおばさんはいなかったのだが、三回表の相手の攻撃《こうげき》が始まるときに、小走りでやってきてベンチにすわるのが見えた。こっちに向かって、手拍子《てびょうし》しながら応援《おうえん》してくれている。その直後、うちのチームは、三尾の投球ミスと内野のエ

ラーが重なって七点入れられてしまったのだ。

もう、負けおばさんのことを茶化すメンバーはいなかった。これはなんとかしないと！　それで、みんなも放課後に自主練したり、家で素振《すぶ》りをする時間を増《ふ》やしたりしはじめたのだった。

勝ちたい、試合に。勝つぞ！　負けおばさんに。

それが和馬たちの合言葉になった。

＊

今度の週末、いよいよ市大会だ。

木曜日の給食の時間、となりのグループから、大きな声が聞こえてきた。

「参ったよ。おれたちが練習試合に負けたのってさ、あの『負けおじさん』のせいだよな？」

和馬は、えっ？　とふり返った。

しゃべってるのは小林《こばやし》だった。地元のサッカーチームのレギュラーだ。

「ねえ、なんだよ？　『負けおじさん』って」

そう聞くと、小林は口元にパンのかすをつけたまま、勢《いきお》いよくしゃべり始めた。

「おれらのグラウンドに、よく来るんだよ。麦わらぼうしかぶって、メガネかけて、顔がいっつも赤くって。そんなおじさんがニコニコとおれらの応援《おうえん》をしているわけ。でも、そのおじさんがいると、必ずおれら、負けちゃうんだよ」

「マジか！　その人に会いたい！」

和馬はさけんだ。

「は、なんで？」

小林はふしぎそうな顔をしている。

「どこに行けば会える？」

「うーんと、だいたい土日に現《あらわ》れるんだよな。あと、金曜日か。あしたの放課後、おれらのグラウンドに来る気があるなら、きっと会えるぜ？」

「行くよ！」

和馬は興奮《こうふん》して、いつもなら必ず参戦する給食のおかわりバトルすら忘《わす》れてしまった。

昼休み、和馬はとなりのクラスに飛んでいって、タッツに「負けおじさん」がいることを話した。

「おれ、会いに行ってくるよ」

そう和馬がいうと、タッツは首をひねった。

「マジかよ、和馬。その『負けおじさん』に相手チームを応援《おうえん》させるつもりだろ？そしたら、『負けおじさん』対『負けおばさん』の対決になって、もし『負けおじさん』のパワーのほうが強ければ、おれたち勝てるってこと？」

「ちょっと、ちがうかもしれないな」

そう答えて、和馬はニヤッとわらった。

「なんだよ、何考えてんだよ。教えてくれよ～」

タッツがうるさくせがんでくるけれど、和馬は、

「まあ、任《まか》せとけ」

といい切った。タッツにくわしく話すと、「それは縁起《えんぎ》がよくない」とか「自分のジンクスでは――」とじゃましてくるような気がしていたからだ。

絶対《ぜったい》に試合に勝てるように、うまくやりとげるんだ――。

和馬は心のなかでそうちかって、教室にもどった。

＊

青空には雲がぷかりぷかりとういていて、思ったほどは暑くない。

試合当日、和馬たちのチームは、開始予定の一時間半前には市民スタジアムに着いた。

このスタジアムは、観客席が一塁《るい》側にも三塁側にも外野にもある。ふだん練習している広町公園グラウンドよりもりっぱなので、早めに来て、なれておかないと緊張《きんちょう》してしまうのだ。

ベンチに着くと、タッツがバッグからなぜだかガムテープを取り出した。

「なんでそんなもん持ってきてるんだよ」

そう和馬がたずねると、タッツはまじめな顔で答えた。

「今日の、うお座《ざ》のラッキーアイテムなんだ」

「ふうん」

和馬たちは、試合前の肩《かた》ならしのため、キャッチボールを始めた。その間にも、ちらちらとスタンドの様子をうかがう。

「あ、来た！」

観客席に、負けおばさんが姿《すがた》を見せた。

キャッチボールをやめて、和馬はタタタッ、とかけ寄《よ》った。

「おばさん、こんにちは」

「あ、これ差し入れなのよ。よかったら食べてね」

と、お菓子《かし》のふくろをわたしてくれた。カレーせんべいだ。みんなが二、三枚《まい》ずつとってもまだ余《あま》りそうなほど、大きなふくろだった。

受け取ってから、和馬が目をこらしてきょろきょろしていると――。

現《あらわ》れた！

ぼうしをかぶっていて、ほっぺただけがほんのり赤い。細い目は少したれていて、やんわりとほほえんでいる。

「佐原《さはら》のおじさーん、こっちです」

和馬は観客席の階段《かいだん》を下りて、通路まで行って手招《てまね》きした。タッツがキャッチボールをやめてそばに寄《よ》ってきた。

「だれ？　おまえの親せき？」

小声で和馬は答えた。

「『負けおじさん』だよ」

「あ、えええ？　あの人が。おまえ、ほんとに会いに行ったのかよ」

「うん。きのう、サッカーグラウンドまで誘《さそ》いに行ったんだ」

ちなみにそのグラウンドはけっこう遠かった。バスで行ったほうがいいくらいだと思ったけれど、体力づくりのために、和馬はちゃんとランニングして往復《おうふく》したのだった。

「サッカーばっかりじゃなくて、野球もおもしろいから、うちのチームを応援《おうえん》しにきてください、って誘《さそ》ってみたんだ」

「ダメだろ、それ！　負けパワーが倍になっちゃうじゃんか！」

タッツはそうどなってから、あわてて口をおさえた。もう、「負けおじさん」はすぐそばまで来ていた。

「きみたちのチームは、なんていうんだい？」

「はい、七星少年野球チームっていいます」

「七星テントウムシかい。ハハ」

おじさんはそうわらってから、続けた。

「相手は？」

「一回戦は、西山田《にしやまだ》サンダースです」

「よし、七星テントウムシが勝てるよう願って、せいいっぱい応援《おうえん》するよ」

「おじさん、あそこにすわっているおばさんは、いつも応援してくれる石岡さんなんです。ふたりで応援してくれたら、パワー倍増《ばいぞう》だな、って」

「よし、任《まか》せとけ」

負けおばさんも立ち上がって、にこにことおじぎしている。

「まあ、いつもひとりぼっちで観戦してたのに、お仲間ができてうれしいわ」

タッツが頭をかかえている。

「負けパワーが倍増しちゃうよ」

他のメンバーも、

「負けおばさん来てるぜ……」

とささやいている。タッツが、

「しかも、和馬ってば、負けおじさんまで呼《よ》んじゃったんだ」

といってしまったものだから、みんなざわざわし始めた。

「そんなの、やばいに決まってるだろ」

「大量失点するぞ」

「くそ、一回戦負けか……」

和馬は大きな声でいった。

「だいじょうぶ。きっと勝てる」

みんなふしぎそうな顔をしている。

せきばらいを一つして、和馬は続けた。

「マイナスとマイナスをかけ算すると、プラスになるって知ってるか?」

兄がいっていたことだ。

「え」

みんな首をかしげている。

「中学になると習うんだ。数学の教科書に書いてあるんだよ」

なんでそうなるのかは聞かないでくれと、和馬は心のなかで思う。自分だってまだ正確《せいかく》にはよくわからないから。

「へえ……。で、それがどうしたんだよ」

と、タッツ。和馬は説明を続けた。

「マイナスとマイナスをかけ算するっていうのはつまり、負けと負けをかけ算するってことだろ?」

「なるほど、つまりそれは……」

三尾があごに手を当てながら考えている。

「つまり、負けおばさんと、負けおじさんがいっしょに応援《おうえん》してくれたら、プラスのパワーが出て、おれらは勝てるはずなんだよ」

「え、意味わかんね」

「どういうこと」

だから、それを聞かないでくれ、と和馬は心のなかでくり返した。

首をかしげているメンバーも多いけれど、三尾がいってくれた。

「なるほど。よくわかんねーけど、おれ、それを信じることにするわ！」

大きな声におされて、みんながあいまいにうなずいた。

監督《かんとく》が集合をかける。

「さあ、きみらの力をありったけ出し切るんだ」

「はいっ！」

メンバー全員で円陣《えんじん》を組んだ。

「行くぜ、七星！」

試合が始まった。

初回、和馬たちは守備《しゅび》についた。ピッチャーの三尾は、試合が始まった直後に打たれることがちょくちょくある。野球では「立ち上がりが悪い」という言い方をする。

でも、今日の三尾はちがった。球がびゅんびゅん走って、相手のバッターはなんと三者連続で空振《からぶ》り三振《さんしん》だった。

「どうしたんだろ、おれ。なんかすげー力がみなぎってる」

三尾は、自分でふしぎがっている。

一回裏《うら》。一番バッターの和馬は、ドキドキしながら、打席に立った。自分がヒットを打てると、いい流れになることが多い。逆《ぎゃく》に、全然打てないと、他の打者にも調子の悪さが伝わってしまって、1点も取れないで終わってしまうこともある。

ようし。とにかく思いきりやってみよう。

和馬は勢《いきお》いよくバットをふった。すると――。

当たった！　ボールはのびてのびて、広いグラウンドを高々と舞《ま》った。

なんと、フェンスに直撃《ちょくげき》して、はねかえってきた。そんなロングヒットは練習でもめったに打てないのに。

和馬は張《は》り切って二塁《るい》をけって三塁に向かった。カッコよくスライディングが決まってセーフになった。試合でスリーベースヒットを打ったのは初めてだ。ベンチで監督《かんとく》が大きく左手を上げてガッツポーズしている。和馬も同じように、手をかかげた。

次のタッツも打った！　ライト前ヒットだ。和馬はゆうゆうと先制《せんせい》のホームをふむことができた。負けおばさんと負けおじさんが、ふたりとも立ち上がって拍手《はくしゅ》してくれている。

和馬は、ベンチにもどった。

「すげーな、おまえのいうとおりだ」

三尾が和馬の背中《せなか》をらんぼうにボカンとたたいてきた。和馬はうなずいた。

「みんな、わかったろ？　さっきいったとおりだ。この試合は必ず勝てるぞ！」

「負けおばさん」×「負けおじさん」のパワーが、本当にすごいことが、この後わかった。

再《ふたた》びタッツがタイムリーヒットを打って、三尾もツーベースヒットを打って、他のメンバーも打ちまくって、なんと11―0で勝ってしまった。

「やったぜ、ふたりのおかげだ」

試合が終わって、和馬とタッツがハイタッチを交《か》わしながらそういいあっていたら、監督《かんとく》が、全員を呼《よ》び集めて、ミーティングが始まった。

負けたときの監督はうでぐみをするけれど、今日は勝ったので、こしに手を当ててニコニコしている。

「よくがんばったな。一か月前の練習試合とは、きみら、まるで別人のようだ」

「負けおばさんと負けおじさんのおかげでね」

三尾がぼそっとつぶやいて、わらった。するとそれが聞こえたみたいで、監督は、

「それはどうかな」

といった。

「きみらが話していること、小耳にはさんだぞ。だれかが負けを連れてくるとか、負けと負けがかけ合わさると勝ちになるとか、いろいろ縁起《えんぎ》をかついでいるようだな」

「は……」

おこられるのかな。

和馬はタッツと目を合わせてからうつむいた。

「縁起《えんぎ》をかつぐのはかまわん。かつぎたければ、かつげばいい」

監督《かんとく》は野球帽《やきゅうぼう》をかぶり直してから、続けた。

「ただ、ワタシが信じるのは、自分の努力だ。きみらがこの一か月、もうれつに努力してきたことを、ワタシは知っている。朝早く登校してグラウンドを走ったり、素振《すぶ》りをやったり」

たしかにそうだ、と和馬は試合までのことを思い出していた。負けおばさんのパワーに勝てるように、そんな練習をくり返したのだ。

「そういう努力はどんどん結果に現《あらわ》れる。そう、今日の試合に勝ったのは、きみらの努力の結果だとワタシは思っている。きみらが市大会で勝ちたいと、強く強く願ってがんばったからだ」

「え……」

和馬たちは、思わず顔を見合わせた。

そうか。そうなんだろうか。

ほんとは「負けおばさん」も「負けおじさん」も自分たちの想像《そうぞう》が生み出しただけで、がんばったから勝てた——そういうことなんだろうか？

ミーティングが終わってから、和馬と三尾とタッツの三人で、負けおばさんと負けおじさんのところに行った。ふたりは手をたたいて、むかえてくれた。

「いい試合だったわよ」

「きみら、すばらしいチームだね。サッカーもいいが、少年野球もおもしろいんだなと思ったよ。よかったら、また次の試合も応援《おうえん》させてくれ」

「そうね、わたしもぜひごいっしょさせてね」

ふたりはすっかりなかよくなったみたいだ。

「おばさんもおじさんも、おれらの大切な応援団《だん》なんで、これからもよろしくお願いします！」

心からそういえてよかった。

和馬はタッツと顔を見合わせて、えへへ、とわらった。

第④章

だれのせい？

「え、負けおばさん？　そんな人がいるの。おもしろいね」

由樹《ゆき》は、ふふっとわらった。心のなかではホッとしていた。

お父さんの仕事の都合で、引っ越《こ》しが多い。転校するのはこれで三回目だから、ベテランだ。でも、何回やっても初日は緊張《きんちょう》する。さっき、自己紹介《じこしょうかい》のあいさつを終えたところだった。休み時間になると、みんなが自分に興味《きょうみ》をもって近づいてくる――そのふんいきが由樹は苦手だった。おもしろいキャラでもないし、喜《よろこ》ばせることもできないから。

でも、このクラスは、今、「負けおばさん」という話題で盛《も》り上がっていて、その輪の中心にはタッツと呼《よ》ばれている男子がいる。かみの毛がつんつん短くて、日焼けしていて色が黒くて、声が大きい。

自分は、みんなといっしょに、タッツの話に耳をかたむければいいので、由樹としては楽だった。

タッツは、由樹が感心した声を出したのに気づいて、こちらを向いた。

「あー、転校生のために、あらためて説明しまーす。おれたちの野球チームは、『負けおばさん』っていう、ヤバいおばさんに取りつかれてましたー。別に見た感じは、ふつうのおばさん、っていうかおばあさんなわけよ。なのに、その人が来ると、必ず試合に負ける」

「へえ、そんな人いるんだ？」

「前の学校で、そんなのあった？」

「ないない。初めて聞いた」

そう由樹がいうと、タッツは満足そうにうなずいた。

やっぱりそうだ。これも転校を重ねて学習した結果だ。

今までもよく由樹は聞かれたのだ。

「前の学校でもこういうのあった？」

「前の学校でもやったことある？」

というふうに。

一回目の転校のころは、正直に事実を答えていた。

「うん、前の学校でもこれは流行《はや》っていたよ」

そうすると、みんな喜《よろこ》ぶのではなく、むしろガッカリした顔をするのだ。他の学校にはない、ここだけのこと、というふうにいわれるほうが、うれしいらしい。

だから、由樹は前の学校で実際《じっさい》にあったかどうかは関係なく、

「ううん、知らなかった！」

と答えるようになった。本当かうそかなんて、大切じゃないのだ。わざわざ、転校前の学校に問い合わせて確認《かくにん》する子なんていない。

大事なのは、自分が新しいクラスにうまくなじめるかどうかなのだから。

もっとも、今の場合、決してうそをついたわけではない。その必要はまったくな

かった。

負けおばさんなんて、今まで聞いたこともないから。

タッツの話は続く。

「そしたら、となりのクラスの和馬《かずま》ってやつ。おれらのキャプテンが、すげーわけ。負けおじさん、っていうのをどっかで見つけてきて、負けと負けをかけるとプラスになるっていいだしてさ。本当にそうなったんだよ！　おれたち、試合で圧勝《あっしょう》したんだよ！」

もしタッツがこちらを見たら、「負けと負けをかけるなんて、すごい思いつきだね」などといおうかと由樹は考えていたが、心配することはなかった。

他のクラスメイトたちが、争うように、タッツに話しかけていたから。

「じゃあ、その人たちがいる限《かぎ》り、おまえら優勝《ゆうしょう》しちゃうじゃんか！」

「負けおばさんと、負けおじさん。実際《じっさい》に見てみたいよ！　どこに行けば会えんの？」

由樹は、教室をそっと見回した。

今まで緊張《きんちょう》で目に入らなかったものが、ようやく見えてくる。

このクラスは、由樹を入れて三十五人。つくえは六個《こ》×六列で三十六個並《なら》んでいて、一番後ろの両端《りょうはし》が空いていた。

由樹は窓《まど》側の一番後ろの席にすわることになって、そのななめ前がタッツなのだった。

窓には、ショートカットの自分がうつっている。由樹は教室に目をもどした。となりの男子はさっきから一度も目を合わせてくれない、話しかけづらそうなタイプだ。前の女子もそうで、さっきからこちらをちらちら見ているけれど、声はかけてくれない。

由樹は思い切って、その女子に話しかけてみた。

「あの、名前聞いてもいいかな」

「え、あ！　わたし」

なぜかふでばこを、由樹の目の前に持ってきたので何かと思ったら、「松崎里桜《まつざきりお》」

とマジックペンで記名されていた。

「これ、リオって読むの？」

「うん、そう。ねえ、これあげる」

里桜は、ふでばこの中の消しゴムを半分に切って、由樹のつくえの上に置いた。

自分から声をかけなかったことを気に病《や》んでいて、ムリしてプレゼントをくれたのかもしれない。

「え？　そんな悪いよ」

もともと、三センチくらいしかない消しゴムが、ずいぶん小さくなってしまった。

「ううん、もらって。四つ葉のクローバーだから。ラッキーアイテムなんだよ」

そう里桜に説明されて、由樹は初めて、模様《もよう》に気づいた。

「いいの？　本当に？　ありがと」

由樹は手のひらに消しゴムを乗せて転がした。転校早々、おくりものをもらったのは初めてだ。感謝《かんしゃ》の気持ちは「ありがと」だけでは足りない気がして、由樹はもっと言葉を探《さが》そうとした。

でも、里桜のほうが先に口を開いた。

「ねえ、いっしょに応援《おうえん》行かない？」

「え？　なんの」

「あれ」

里桜が指さしたのは、タッツだった。

ふたりが話している間にも、さっきの会話は続いていたのだ。

「市大会の二回戦は、来週の土曜日の午後一時から市民スタジアムだからなー」

次の野球の試合を、みんなで応援しにいって、負けおばさんと負けおじさんをこの目で見よう、という話がまとまっていたらしい。

「うん、土曜だったら行ける！　日曜は用事があるんだけど」

由樹がいうと、里桜はうなずいた。

「市民スタジアムの場所わかんないよね？　わたしも行ったことなくて迷《まよ》わないか心

配だな。早めに待ち合わせしようね」

里桜のおかげで今度の学校生活、うまくいきそう。よかった。

ここに少なくとも二年か三年住むことになりそうなので、今から中学まで、なかよくできる友達がほしかったのだ。里桜に、消しゴムのお返しを何かしなくては。帰ってから考えよう、と由樹は決めた。

＊

土曜日の正午、由樹と里桜は、駅で待ち合わせをして、そこから『東野《ひがしの》の森』行きのバスに乗った。市民スタジアムは、その途中《とちゅう》のバス停《てい》を降《お》りてすぐのところだ。

「かみなり、来ないといいなぁ。あの雲、どんどんこっち来るよね」

里桜が空を見上げて、つぶやく。由樹は、里桜が指さしたほうを見上げた。

まだ五月の終わりなのに、真夏のような入道雲が、青空を隠《かく》し始めている。

「きょうは雨降《ふ》らないっていう話だったよね？　一応《いちおう》折りたたみガサは持ってるんだけど」

由樹が答えると、里桜は両手を口に当てて、目を見開いている。

「えーっ、ちゃんとカサ持ってきてるんだ」

「折りたたみ、いっつもバッグに入っているの。これ、重さが百グラムしかないやつ」

「え、すごーい」

里桜が感心している。由樹はひらめいた。

「これでよかったら、もう一つあるから、今度プレゼントするよ？」

実は、消しゴムのお返しに何をあげたらいいのかわからなかったのだ。バッグのなかには、コンビニで買ったお菓子《かし》を入れているのだけれど、里桜の好みに合うかわからないし、めずらしい四つ葉のクローバーの消しゴムと、どこにでも売っているお菓子は、つりあわない気がしていた。

「え？　え？　カサ。こんな高価《こうか》なのもらえないよー」

「ううん、これ千円もしないの。これ、おばあちゃんがくれてね。もう一個《こ》、色ちがいを親せきのおばちゃんにもらって。でも、二つは使わないから」

「えええー、うれしい！」

里桜は、口に当てていた手を、ほっぺたに移動《いどう》して、喜《よろこ》んでいる。

よかった。くれたおばさんには申し訳《わけ》ない気もするけれど、「いいよ、由樹ちゃんが友達となかよくなることが、何より大事だよ」といってくれる気がした。

しゃべっている間に、スタジアム前のバス停《てい》の名前が放送で流れた。

「うわー、怖《こわ》い。あやうく乗り過《す》ごしちゃうところだった」

と、里桜があわてて降車《こうしゃ》ボタンをおす。

「うん、あぶなかった。ありがとね」

そういいながら、由樹は、この人、心配症《しんぱいしょう》なんだなと思っていた。話しながらも由樹は、ちゃんと車内アナウンスを聞いていて、ちょうどボタンをおそうとしたところだったのだ。

ふたり以外にも、あと十人近くが降《お》りた。由樹はもちろん知らない人ばかりだが、里桜は知り合いがいたみたいで、手をふっている。

広い駐車場《ちゅうしゃじょう》と、公園と売店が見える。そして、前方に、スタジアムがそびえていた。スタンドの観客席の向こうに、広いグラウンドがある。

「あ、里桜来た」

声をかけてきたのは、同じクラスの佐々木《ささき》未散《みちる》だ。由樹はまだほとんど会話したことがなかったが、顔と名前は覚えていた。

前がみをパッツリとそろえている里桜とは逆《ぎゃく》で、未散は長いかみを後ろでひとまとめにしているので、おでこ全開だ。

「よかったー、今日、くもりだから日焼けしないね」

未散がいうと、里桜は空を指さした。

「くもりだけどさぁ、なんか空の色、あやしくない？　さっきバスのなかで、空がどんどん暗くなるなって、心配になってたの」

つられて由樹も見上げた。

さっきよりも、雲は広がっている。下のほうは灰色《はいいろ》だ。それがゆっくりと盛《も》り上がってきている。だれかが雲の向こう側にいて、ポンプでふくらませているみたいだ。

「空気がむわーっとするよね」

そう里桜がいった瞬間《しゅんかん》、由樹もむし暑さを感じた。あせがじんわりと、うでやひたいからも出てきている。

「でもだいじょうぶ！」

未散は答える。

「だって、今日の天気予報《よほう》で、雨の確率《かくりつ》、十パーセントだったもん。降《ふ》りそうで降らないんだって」

「そうだよね？　じゃあよかった」

里桜がホッとした顔で、スタジアムを指さす。

「タッツたち、もうスタジアムのなかで試合前練習してるみたいだよ。行こう。田村《たむら》さんも」

気をつかって、未散が声をかけてくる。

「由樹って呼《よ》んでいいんだよ。ね、由樹ちゃん？」

里桜がいったので、由樹はうなずいた。思ったとおりだ。里桜は、こうやっていろんな人とのつながりを作ってくれる。

三人は歩いて、スタジアムに入った。一塁《るい》側が相手チームで、三塁側がタッツたちのチームだ。

それで、三塁側ベンチのわきにある階段《かいだん》を上ってスタンドの客席に行くと、クラスメイトの男子たちがすでに五人ほどいた。

その後ろの列に、三人並《なら》んでこしかけた。

タッツたちが、監督《かんとく》らしき人に呼《よ》ばれて、円陣《えんじん》を組んでいる。真っ赤なユニフォームに青い文字が入っていて、教室で見るタッツよりも、勇ましい感じだ。

ベンチの向こう側にいる相手チームは濃《こ》い緑色のユニフォームだ。同じように輪になって、監督《かんとく》の話を聞いている。

野球のルールが全然わからないんだけれど、試合の内容、ちゃんとつかめるだろうか……由樹はひそかになやんだ。なんでここへ来たんだっけ、と考えて思い出した。

「どの人が、負けおばさんなの?」

由樹は、里桜にささやいた。

「あ、そうだ! 負けおばさんと負けおじさんを探《さが》しにきたんだった!」

横で聞いていた未散が大きい声でいって、男子たちに、

「シーッ」

と、たしなめられている。

「すぐそこだよ。おれたちの前の列」

男子が教えてくれた。客席の最前列に、おじさんとおばさんがすわっていた。背中《せなか》しか見えないので、未散と里桜は立ち上がって、通路に行って、横顔をのぞき見している。由樹もマネをして、ついていった。

やさしげなおじさんとおばさんに見える。

席にもどると、里桜がささやいてきた。

「もっと怖《こわ》いオーラがあると思ったけど、なかったね」

「昔話に出てくる、いいおじいさんといいおばあさんみたいだよね」

由樹がそう返事したときだった。

頭に、ポトッと何かが落ちた。続いてうでにも。

「雨だ！」

大粒《おおつぶ》の雨が、あっという間に客席をぬらし始めた。

「わー、これ、マジでびしょぬれになるやつ！　避難《ひなん》しよう！」

里桜がさけんだ。由樹たちはあわてて、階段《かいだん》を下りて、スタンドの裏《うら》側に行った。

上の客席が屋根がわりになってくれるので、ここだと雨にぬれなくてすむ。

男子たちも、他の学校の人たちも、みんな集まってくる。

「降《ふ》るなんて聞いてねえ～」

だれかがスマートフォンを使って、雨雲の動きをチェックして、知らせてくれた。

「ゲリラ豪雨《ごうう》みたいだ。雨雲あるの、この地域《ちいき》だけ」

えーっ！　という声があちこちから上がる。

「あと三十分か一時間で止《や》みそうだな。雨雲、風でどんどん移動《いどう》してるから」

続けてそう教えてくれたので、由樹たちはホッとして顔を見合わせた。

「じゃあ、少しおくれるだけで、試合は見られるんだね」

「負けおじ、負けおばパワー、見たいよね」

その間も雨は降《ふ》り続いている。ゲリラ豪雨とさっきの人がいったが、まさにそのとおりだ。スタンドの向こう、駐車場《ちゅうしゃじょう》のアスファルトには、あちこち水たまりができている。雨が大粒《おおつぶ》なので、地面や水たまりに落ちるとき、パチパチと音をたてているほどだ。

「ねえ、由樹ちゃんって何座《ざ》？」

里桜がたずねてくる。

「みずがめ座《ざ》だよ」

「今月のみずがめ座の運勢《うんせい》は、『運気が上昇《じょうしょう》しています。新しいことにどんどんチャレンジしてみましょう』だって」

スマートフォンを見ながら、里桜が教えてくれた。

「へえ！」

「占《うらな》い信じるタイプ？」

「いいことだけ信じるようにしてる。実際《じっさい》は悪いことのほうが頭に残っちゃうんだけど」

「それ、わっかるー。これ、わたしがよく見る、ネットの占いなんだ。あんまり大したこと書いてないんだけど、一応《いちおう》チェックしてる」

「里桜ちゃんは何座？」

「わたしはうお座。『運気は停滞《ていたい》しています。部屋をそうじするなど、身の回りをきれいにして運気を上げましょう』だって。やだー、この占い、実はお母さんが書いてるんじゃないの？　いつもおこられるんだ」

顔をしかめて里桜がいうので、由樹はわらってしまった。

「里桜ちゃんの部屋ってとってもきれいそうなのに」

「ううん、すごい散らかしちゃう」

今度は、里桜は末散の運勢《うんせい》を調べ始めた。とりとめのない会話をしているうちに、ようやく雨は小粒《こつぶ》になり、やがて止《や》んだ。

「そろそろ試合始まるかな」

みんなでスタンドの裏《うら》側から出て、グラウンドのほうへ出た。里桜が、ヒッと声を上げる。

「これ……試合できるのかな」

「え？」

里桜の後ろにいた由樹は、ひょいと体をずらして、グラウンドを見た。

「あ……」

あちこちに大きな水たまりができている。今、選手たちがぐるっとベースを一周するだけで、シューズどころかユニフォームのすそも、どろだらけになってよごれてしまいそうだった。

「中止、中止」

舌打《したう》ちしながら、走ってきたのはタッツだ。すでにシューズに、どろがいっぱいついている。

「えー、わざわざバス乗ってきたのにぃ」

里桜がふくれた。タッツもマネしてほっぺたをふくらませる。

「しかたねーだろ？　オレらだってやる気まんまんだったのに」

「あらあら、残念ねえ。次の試合はいつかしら」

やさしい声で会話に加わってきたのは、負けおばさんだ。

「あ、すいません。また決まったら連絡《れんらく》します」

タッツは、おばさんに対してはかしこまってそう答えておいてから、空を見上げて、

「なんで雨降《ふ》ったんだよ。今日そういう予定じゃなかったろーがぁぁ」

とどなっている。

結局、そのままみんな帰ることになった。

タッツのお父さんがワゴン車で来ていて、タッツのほか、里桜と由樹と未散を駅まで乗せてくれた。

「このあたりじゃ、今までゲリラ豪雨《ごうう》なんてなかったのにな。日本全体の気候が、最近変わってきたのかもしれないな。あー、車、先週洗《あら》ったばっかりなのによごれるなあ」

対向車が水たまりの水をはね散らかしたのを見て、お父さんはぼやく。

助手席にいたタッツが、

「来週の球技《きゅうぎ》大会は、ぜってー雨降ったらこまるぞ！」

と、グーにした両手をパチパチ合わせている。

「え、球技大会って？」

由樹はまだ、学校のイベントをよく覚えていなかった。

タッツがふり向いて教えてくれた。

「んーと、一、二年は大玉転がしで、三、四年がドッジボールで、五、六年はバスケ。クラス対抗《たいこう》なんだよ。これ、毎年六月上旬《じょうじゅん》の大きなイベント。あとは、夏休み前に雨降《ふ》ったらこまるイベントは遠足かな。それは六月の終わり」

「雨、降らないもんだけどねー、意外と。球技《きゅうぎ》大会も遠足も、一年生のときから五年生まで、一度も中止になってない」

そういった未散に、里桜は心配そうな表情《ひょうじょう》でいう。

「でも、ゲリラ豪雨《ごうう》が増《ふ》えてるとしたら」

「だいじょうぶだいじょうぶ！　信じろ、祈《いの》れ！」

空に向かって、タッツが手を合わせる。

「タッツ、晴れおばさん、どっかで見つけてきてよ」

「おーし、探《さが》そうじゃないか！」

由樹は前の学校のことを思い出していた。運動会はあったが、球技《きゅうぎ》大会はなかった。わたし、前の学校でバスケ部に所属《しょぞく》していたんだよ。そういおうかどうか迷《まよ》って、結局あまり目立たないほうがいいかと思って、だまっておくことにした。

＊

由樹は出かける前に、家の鏡に向かって、赤いハチマキを頭に巻《ま》く練習をした。雑《ざっ》にやると、すぐねじれてしまう。

「こうすればいいのか」

結び方を確認《かくにん》して、由樹はそれをネクタイのようにして首に巻いた。そうすれば、失《な》くす心配がないから。

いよいよ今日が球技大会だ。

「今日は教科書、持っていかなくていいの？」

お母さんにそう聞かれて、由樹は首を横にふった。

「いちおう持っていくみたい。万が一、中止になったときのために」

「そうね。カサ持っていきなさいよ？」

「え？」

「ほら、向こうの空、灰色《はいいろ》の雲が出てるもの。にわか雨があるかもしれない」

「やだな、ゲリラ豪雨《ごうう》だったら」

「天気予報《よほう》では雨の確率《かくりつ》三十パーセントだったから、平気だと思うわよ。それに、由樹たちはバスケットボールだから体育館なんでしょ？」

「体育館とグラウンド、両方にコートがあるの」

「ま、とにかくがんばって！　バスケ得意《とくい》なんだから」

お母さんに背中《せなか》をぽんとたたかれて、由樹はうなずいた。

もしかしたら目立ってしまうかもしれない。でも、転校してから一か月、ずっとひかえめな態度《たいど》を心がけてきたので、全力を出してみたい、という気持ちもある。

大きなカサを持っていくように、お母さんには勧《すす》められたけれど、由樹はいつも持ち歩いている折りたたみガサを、体操着袋《たいそうぎぶくろ》に入れた。大きいカサを持っていると、本当に雨が降《ふ》るような気がしてしまうから。

登校して、いつもどおり朝の会を終えた後、由樹たちは更衣室《こういしつ》に移動《いどう》して、体操着に着替《きが》えた。

「あ、由樹ちゃん、今日もカサ持ってる」

里桜に見つかった。由樹はあわてて体操着袋の奥《おく》に折りたたみガサをおし込《こ》んだ。

「お母さんに持っていけっていわれてね」

「わたしも同じのもらってうれしかったけど、今日は家に置いてきてるよ。降ったらこまるよー」

「うん、ごめん」

里桜には、週明けに約束どおり、おばさんにもらった折りたたみガサをプレゼントしたのだった。

「由樹ちゃん、バスケすごいんだってね！　体育館でシュート練習を見てた子がいってたよ。よろしくね！」

今まで話したことのない女子が会話に割《わ》り込《こ》んできた。きのうの放課後、体育館が空いていたので、由樹はひとりで十五分ほどドリブルやシュートを練習していたのだ。見ていた人がいたとは思わなかった。

とまどいながらも、由樹は笑《え》みを見せた。がんばって、できればクラスを優勝《ゆうしょう》させたい。ハチマキを頭にギュッと巻《ま》く。練習したのに、やっぱりねじれてしまって、里桜が直してくれた。

「へえ、由樹ちゃん、バスケ得意なんだ」

「あ、うん、少しだけやったことあって」

「頼《たよ》りにしてるね！」

いっしょに、そのままグラウンドに行くために、げた箱へ向かいかけたときだった。校内アナウンスが流れた。

「全校児童のみなさん、いったん教室にもどってください。先生も教室に行きますので、その指示《しじ》に従《したが》ってください」

「え？」

由樹は里桜と顔を見合わせた。

教室にもどると、みんな窓《まど》から空を見上げていた。

なんと雨が降《ふ》りだしていたのだ。

「ええ……？」

由樹も窓辺に近づいた。

とても妙《みょう》な天気だ。南のほうは雲の切れ間から青空が見えている。なのに、このあたりの上空は雨が降っているのだった。この間のゲリラ豪雨《ごうう》ほどではないけれど、降りだして間もないわりに、木の葉っぱから水滴《すいてき》がしたたり落ちているし、建物のわきに見える来客用の駐車場《ちゅうしゃじょう》も、アスファルトの色が雨のせいで変わっている。

「きれい……」

思わず由樹はつぶやいた。南の空の下に、小さな小さな虹《にじ》が見えたのだ。

「きれいって?」

里桜に質問《しつもん》されたときだった。

「あーー、どうなんだよ。しばらく待機? まさか中止じゃないだろうな。おれの、このマックスな緊張《きんちょう》、どうしてくれるんだー」

タッツが頭をかかえて、さわぎ始めた。

これからグラウンドで、開会式をやるはずだった。校長先生のあいさつが終わった後、全校生徒を代表して開会宣言《せんげん》をするのがタッツの役目だったのだ。

由樹も里桜も、タッツのほうへ向き直った。

「気持ちわかるー。音楽のテストなんかで、自分の順番が回ってきそうで回ってこないと、ドキドキするよね」

里桜がそうささやいてきたので、由樹は、うんうんと何度もうなずいた。

「はい、じゃあタッツ、予行演習《えんしゅう》だ。壇上《だんじょう》でやって」

だれかがそううながしたが、タッツは、

「ダメ。せっかくわらえるネタを仕込《しこ》んできたのに、ここで見せるわけにはいかねー」

と、拒否《きょひ》している。

「はーい、みなさんすわってください」

小山《こやま》先生が教室に入ってきたので、みんなあわてて着席した。

「雨が降《ふ》っている間は、外に出られないので、しばらく教室に待機していてください。先生たちは、グラウンドがこれ以上ぬれないように、ビニールシートをかぶせてくるので、しばらく自習していてね。もし中止になったら、二時間目からはふつうに授業《じゅぎょう》をやるからね」

「ええーっ」

ブーブーと、ブーイングの声を上げる男子たちがいる。もちろんそのなかにはタッツもいた。由樹も、前の学校だったら仲間に入っていたと思うが、さすがにまだ遠慮《えんりょ》して、静かに聞いていた。

「その場合、二時間目は国語になるので、漢字テストをやります」

「ええええええ――っ」

これには、クラス全員が悲鳴を上げた。

「範囲《はんい》は、四月から今までにやったところ全部。なので、待機している間、その漢字を復習していてね」

「天国か地獄《じごく》か……。その差はでかいよぉ。球技《きゅうぎ》大会か漢字テストなんて」

里桜がふり返って、由樹に話しかけてくる。くちびるがとがっている。

「じゃあね」

教室を出ていこうとした先生に話しかけたのは、タッツだ。

「せんせーい！」

「はい」

「なんで！　なんで雨が降《ふ》るんですかー？　きのうの天気予報《よほう》では、雨の確率《かくりつ》は三十パーセントだったのに」

「ほんとだよ。ありえねーよ」

「マジ、かんべんしてほしい」

他の男子が続けていう。

小山先生は立ち止まって、黒板に日本列島を雑《ざつ》に書いた。そして、横に線を入れる。

「雨を降《ふ》らせる前線が、日本の南にあって、一方、日本の上のほうに高気圧《こうきあつ》があって、それをおし返してたのね。でも、その勢力《せいりょく》が思ったより弱くなってしまって、前線が日本の上へやってきてしまった。そういうことのようです」

みんなおしだまった。

ただ感情的《かんじょうてき》に、文句《もんく》をいいたかっただけなのに、思いがけず理路整然と説明されて、だれも反論《はんろん》できない。

「じゃあ、校内放送に気をつけていてね。先生たちも、球技《きゅうぎ》大会が実施《じっし》できるように最善《さいぜん》を尽《つ》くします」

「おれたちも手伝っちゃダメですか？」

タッツが聞いたけれど、先生は一瞬《いっしゅん》も迷《まよ》わずに答えた。

「雨にぬれて風邪《かぜ》をひいたらこまるので、先生たちに任《まか》せて、みなさんは漢字をやっていてください」

ドアが閉まって、数十秒待って、先生が階段《かいだん》を下りていったころを見計らって、みんないっせいにしゃべりだした。

「信じられないよー」

「やだー、授業《じゅぎょう》あるかも、なんて全然思ってなかったからぁ」

再《ふた》び、由樹は窓《まど》の外を見てみた。

さっきまで見えていた青空が消えてしまった。雲が分厚《ぶあつ》くなっているように思える。

「あー、今日のうお座《ざ》のラッキーアイテムは、リボンだったのにさぁ」

里桜がぼやいている。

「リボンって、ハチマキみたいなもんだよね、って思って。だから今日はすごいラッキーだと思ってたのに」

「わかるわかる！　おれも見た。まったく同じことを思った」

タッツがうなずいて、里桜にハイタッチを求めている。それから、タッツの顔がけわしくなった。

「おかしくね？　今までこんなことなかった」

「最近の日本はおかしいんだってば。気候が前と変わってきたんじゃないの？　ああ、もう、再来週《さらいしゅう》の遠足が心配だよ」

里桜がいうと、タッツは首を横にふった。

「おれは、気候の変動とか、そういう問題じゃないと思うんだよな。他に原因《げんいん》がある」

教室がいつの間にかしんとしていた。みんなタッツのほうを見ている。里桜はたずねた。

「原因って？」

「つまりだ。おれたちは野球の試合でなぜだか負け続けて、それは負けおばさんのせいだってことに気づいた。同じように、雨が急に降《ふ》るようになったのには、なんか理由があるんじゃないかってこと」

「雨おばさん？」

そういってから、里桜はわらって続けた。

「雨おばさんなんていないか」

「いるんじゃね？　雨女とか雨男って聞いたことねーか？　うちのオヤジの会社には雨男がいるんだって。去年の四月に入社した新人の社員。おかげで、雨が降《ふ》ってほしくない行事のとき、ことごとく雨が降るんだってよ」

未散が会話に入ってきた。

「じゃあ、この春からここの学校に転任《てんにん》してきた先生とか？　だれだろう。体育の矢《や》野《の》先生？」

「今日だけじゃないだろ。こないだのおれらの野球チームの試合。あのときも、降るはずなかったのに、急に雨が降りだした」

「そうだね。え？　あ？　わたしどっちもいたけど、雨女じゃないと思うよ？　去年の遠足も運動会もちゃんと晴れたし！」

「未散だとはいってない」

タッツの視線《しせん》が、ゆっくり動く。

まさか……？

由樹は心臓《しんぞう》が、きゅーっと半分くらいの大きさにちぢんだ気がした。

やはりそうだった。タッツの目は、由樹の目とカチリと合って、ロックされた。

「もしかして、田村って、雨女？」

「え？」

由樹はまばたきをくり返した。

前の学校では、五年生のときの運動会は無事行われた。でも途中《とちゅう》で小雨《こさめ》がぱらついた。その前の年、四年生のときは中止になった。

だれも由樹のせいだなんていわなかった。でも、もしかして本当に雨女なんだろうか。

ただここは、しっかり否定《ひてい》しておかないといけない。そんな気がして、由樹は力を込《こ》めて声を出した。

「いわれたことないよ、そんなこと」

そりゃそうだよね、という里桜の援護《えんご》を期待したが、里桜はだまったまま、タッツと由樹を交互《こうご》に見ている。

まちがえた。由樹は気づいた。

もっと明るいトーンで、あはは、いわれたことないけどわたし雨女なのかなショックゥ！　などといえばよかったのではないか。

前の前の学校で、盗難事件《とうなんじけん》があった。小学三年生のときだったけれど、先生はとても深刻《しんこく》な顔をしていて、クラスのみんなはたがいに犯人《はんにん》を探《さぐ》る顔をしていた。そのときの顔と、タッツの今の表情《ひょうじょう》はいっしょだ。

何か、別の言葉を探《さが》さなくては。

「わたしね、このあたりって、雨が降《ふ》りやすいんだ、って思ってたの。前の学校では、急な雨はほとんどなかったから」

「いやいやいや、この地域《ちいき》だってそうだから。天気予報《よほう》が完全に外れるってあんまりない」

「わたしね、もしかして由樹ちゃんが雨女なのかなって思ったのは――」

里桜が話し始めた。由樹ではなく、タッツのほうを見ながら。

「さっき更衣室《こういしつ》で着替《きが》えてたとき、体操着袋《たいそうぎぶくろ》のなかに、折りたたみガサ、入れてたよね？　あれって、雨が降《ふ》るってわかってたからなんじゃないかな。あわてて隠《かく》したよね」

「ちょっと待って、ちがうよー」

わらわなきゃ、わらわなきゃ、と由樹は思っているのに、気持ちに反して顔はますますこわばっていく。

「だって、みんなだって置きガサはしてるんでしょ？　げた箱の外にあるもんね。わたしはこの百グラムのカサ、軽いから持ち歩いてるだけで。だって、里桜ちゃんにも同じものあげたでしょ」

耳から聞こえてくる自分の声がとげとげしい、と由樹は思った。でも、どうすることもできない。

里桜は、カサをもらったことについては何もいわなかった。そして話を変えた。

「あとね、あとね。さっき、由樹ちゃん、雨を見て、『きれい』っていったでしょ？」

「あ、うん」

「雨が大好きなんじゃないかな」

その里桜の言葉にかぶせるように、タッツがいう。

「雨女だけに！」

クラスのあちこちから声が上がる。

「やべー」

「負けおばさんより、正直やばくね？」

「今年の遠足は確実《かくじつ》にどしゃぶりだなー」

「秋の運動会もじゃね？」

「今日の漢字テストは転校生のせいってこと？」

一つ一つの声が、由樹にささってくる。

「虹《にじ》だから！」

由樹はさけんだ。

「さっき、遠くに青空が見えて、虹が出てたの。それ見て、きれいっていっただけ」

なっとくしてくれただろうか。由樹はおそるおそる里桜の顔を見た。里桜はタッツと顔を見合わせているところだった。

「虹なんて出てたっけ？」

「見てない」

二人はそういいあっている。

「え、だれか見たよね？　虹、出てたよね？」

むきになって、由樹は教室全体に向かってさけんだ。

だれも返事をしない。

「え……あ」

由樹はふと思い出した。まわりの人の意見をよく聞きましょう、という言葉。前の学校で担任《たんにん》だった砂川《すなかわ》先生の口ぐせだった。

タッツが、里桜が、正しいのかもしれない。

虹《にじ》は出ていなくて、自分だけが見たまぼろし。

そして、今まで気がつかなかったけれど、わたしは雨女だったのだ――。

「心配するな、田村。どっかで雨男を見つけてきてやるから。そしたら、雨×雨は、ん？　どうなるんだ？　台風か？」

タッツがおどけて首をかしげる。

「めちゃくちゃ晴れでしょ！」

未散が声を張《は》る。

みんな、明るいふんいきにしてくれようとしている。

由樹の目になみだがたまってきていることに、気づいたのかもしれない。

まばたきを十回くらいくり返して、由樹はなみだを奥《おく》におしもどした。

*

由樹は、のろのろと朝ごはんを食べながらテレビの天気予報《よほう》を見ていた。

お母さんはもう食べ終わっていて、洗面所《せんめんじょ》でけしょうを終えて、かみの毛をセットしている。

「何時集合？　遠足の日って登校時間、いつもと同じでだいじょうぶなの？」

遠くから声が聞こえてくるが、由樹は返事をしなかった。

「今日は、すっきりとした雲一つない快晴《かいせい》、のはずでしたが……夕方から、県の北部で雷雲《かみなりぐも》が発生する可能性《かのうせい》があります」

アナウンサーが気になることをいっている。

だいじょうぶだろうか。帰りのバスのなかで雨に降《ふ》られるのはいいが、その前の時間帯、たとえばハイキングの最中だったら大変だ。

ぼうっと考えている間に、占《うらな》いコーナーの時間になっていた。里桜とタッツは、これが気に入っているらしい。

ラッキーアイテムが十二星座《せいざ》分、紹介《しょうかい》される。

「あ……」

由樹はリンゴをフォークでさしているところだったが、フォークごと皿に落とした。

自分の星座、つまりみずがめ座の今日のラッキーアイテムは「カサ」だった。

「さ、出かける時間でしょ」

ふだん、由樹とお母さんはいっしょに家を出る。

お母さんは引っ越《こ》しのたびに、すぐに地元でアルバイトを見つけるのだ。選ぶ仕事は、喫茶店《きっさてん》の調理のときもあれば、不動産会社の窓口《まどぐち》のときもある。今回はスーパーのレジ業務《ぎょうむ》だ。そうやって働くと、すぐに地元の友達ができて、なじめるのだという。

「お母さん、わたし、行かない」

「え！　何いってるの。体調悪いの？」

「ううん」

首を横にふっているのに、お母さんはさっと自分のひたいを由樹のひたいに当てた。

ファンデーションの香りがただよってくる。

「じゃあ、どうして。せっかくお弁当《べんとう》作ったのに」

「うちで食べる」

「なんでよ」

由樹は答えなかった。答えられなかった。

ひっく、ひっくと、のどが勝手に動く。目の奥《おく》がじわりと熱くなっていく。

「どうして泣いてるの」

「わたしが行くと、めいわくかかるから」

「めいわくって何！」

「わたし、雨女なんだって」

由樹はティッシュを二、三枚《まい》、箱から引っ張《ぱ》り出して顔に当てた。

「今日は、雨が降《ふ》ったらこまるから休む」

「何いってるの」

お母さんがなっとくしていないのを見て、由樹は立ち上がってトイレに閉《と》じこもった。

「由樹、由樹！　お母さん、アルバイト、急に休むわけにいかないから。じゃあ学校に、お休みします、って電話するわよ？」

返事をせずに閉じこもっていたら、やがて部屋は静かになった。

お母さんは出かけたらしかった。

由樹が食卓《しょくたく》に残ると、メモ用紙が一枚置いてあった。お母さんの走り書きだった。

「由樹が雨女なら、毎回、引っ越《こ》しの日のたびにぴかぴかの天気なのはどうしてなの？」

第5章

先生のひみつ

竜広《たつひろ》は、野球帽《やきゅうぼう》をかぶり直した。雨がポツッと落ちてきた気がしたのだ。でも、気のせいかもしれない。どっちにしろ、間もなく学校に着く。

「おはよ」

後ろから声が聞こえた。ふり返ると、里桜《りお》がいた。

「おっす」

「ねえ、タッツ。今日は由樹《ゆき》ちゃん、学校来ると思う？」

里桜がささやいてくる。なぜ小声になるのか、竜広は理解《りかい》できなかった。

「風邪《かぜ》だろ？　治ったら来るだろうし、でも一日じゃ治らない可能性《かのうせい》もあるんじゃね？」

「え、風邪かな。きのう、小山《こやま》先生、『田村《たむら》さんは遠足、お休みだそうです』っていっただけで、『風邪《かぜ》』っていってないと思うよ?」

「そうだっけ」

校門が見えてきた。校務員《こうむいん》さんがフェンスの修理《しゅうり》をしていて、みんなに、

「おはよう」

と声をかけている。

「まあ、でも助かったじゃん。田村が来てたら、雨が降《ふ》ったかもしれないんだからさ。おかげできのうの遠足、ぴっかぴかの晴れでさ」

ハイキングで丘《おか》の上まで行って、みんなでお弁当《べんとう》を食べた。景色がよくて、たくさん写真をとって、とても楽しかったことを竜広は思い出していた。

「それだよそれ。由樹ちゃん、もしかして自分が雨女だから、行っちゃいけないって思ったんじゃない?」

「だとしたら、その判断《はんだん》はすばらしい」

「でも、今日、会ったときになんていえばいいの?」

「風邪《かぜ》治った？　で、いいんじゃね？」

「あ、そっか」

話している間に、げた箱についた。くつをはきかえていると、竜広の背中《せなか》をだれかがバーンと思いきりたたいてきた。

「いってえな」

ぬいだくつをげた箱にしまいながら顔を上げると、和馬《かずま》だった。目がきらっきらとかがやいている。

「どうしたんだよ、和馬」

こんなにテンション高く、体をぶったたいてくる和馬はめずらしかった。竜広がたずねると、

「超《ちょう》ビッグニュース」

と、和馬はなぜだかガッツポーズした。

「え？　なになに」

そばにいる里桜も、目を見張《みは》って聞き耳を立てている。

「おまえのクラスの小山先生と、うちのクラスの馬場《ばば》先生が結婚《けっこん》するんだってさ！」

「えええええ――――っ」

「うそぉぉ」

竜広と里桜は同時に声を上げ、ちょうど登校してきた子たちも集まってきた。

「あさっての日曜、とあるとこで、小山先生と馬場先生が結納《ゆいのう》っていうやつをやるらしい」

「なんだユイノウって」

「結婚前の、両家のあいさつだって」

「とあるとこってどこだよ」

みんなが次々と和馬を質問《しつもん》攻《ぜ》めにする。

「どっかのホテルのレストランでやるらしい。おれもちゃんとは知らないんだ。となりの家のおばちゃんに声かけられたんだ。そのおばちゃんは、親せきのだれかに聞いたんだってさ」

「あいまいだなぁ」

竜広がツッコむと、

「あえて、な」

和馬がいう。

「ほんとは、客のこういう情報《じょうほう》って、レストランは出しちゃいけないんだってさ。守《しゅ》秘義務《ひぎむ》っていうの？　だから、情報源《じょうほうげん》はいえないらしい。知り合いの知り合いの知り合いから聞いたニュースってことで。でも、たぶんホント」

「すげースクープだな！」

階段《かいだん》をかけあがって、竜広は六年一組の教室に飛び込《こ》んで、さっそくさけんだ。

「おーい、大変！　超《ちょう》スクープをつかんだ！」

もちろんみんな大さわぎになった。

竜広が自分の席までいくと、ななめ後ろに由樹がすわっていて、

「え、小山先生、馬場先生と結婚《けっこん》するの？」

と話しかけてきた。

「おー、そうらしい。めでたいー」

竜広は、由樹にハイタッチを求めた。

「え」

とまどいながら、由樹は手のひらをこっちに向けてくれた。

ほら、問題ないじゃないか。由樹はいつもどおり元気だ。里桜は心配症《しんぱいしょう》すぎるんだよ、と思いながら、竜広は着席した。

間もなく先生が教室に入ってきた。竜広も、他のクラスメイトもにやにやしながらむかえる。

もっとも小山先生はいつもどおりだ。

「おはようございます」

ニコリともせずに、あいさつをする。

自分が将来結婚《しょうらいけっこん》するときは、もっとにこにこした人がいいなぁ、と竜広は心のなかで思った。

「みなさん、一時間目の算数の授業《じゅぎょう》に入る前に、お話ししておきたいことがあります」

先生がいう。

「来たっ」

竜広は小声でいって、となりの里桜を見た。里桜もうれしそうにうなずき返してくる。

「きのうの遠足のことです」

そう続けた先生の言葉に、竜広は思わず、

「えっ？」

と声を出していた。

「なんですか、柴田《しばた》くん」

竜広は、指名してもらってついニヤッとわらってしまった。

「遠足のことより、先生、プライベートで報告《ほうこく》する何か、あるんじゃないですかぁ？」

「別にありません」

「えー？」

からかうように、竜広は語尾《ごび》を上げてみたけれど、先生はまったく動じない。

「きのうの遠足で、お休みした人がいます」

ハッとして、竜広は横の里桜と顔を見合わせた。

「自分が行くと雨が降《ふ》るから、自分は雨女だから、そういってお休みしたそうです。そうなんですよね？　田村さん」

竜広は、ふり返ることができなかった。由樹がどんな顔をしているのか、見たくないと思った。

「わたしは——そんなことは」

そういった由樹は続けて、

「いってないのに」

と、かすかな声でつぶやいた。

それが先生にもとどいたみたいで、

「そう。田村さんがわたしにいってきたわけではありません。おうちの方が相談してきてくださったんです。どういうことなのか、と。田村さんに、そう思わせる人がクラスにいたということですね？　田村さんのことを雨女だとからかった人たちがいる」

だれも返事をしない。竜広も答えられなかった。先生のいうことはちがう気がしたからだ。

自分たちは「からかった」わけではない。本気でそういったのだ。

由樹が遠足に来られなかったのはとってもかわいそうだ、と竜広は思う。あの山頂《さんちょう》の気持ちいい空気を味わうことができなかったわけだし、竜広の背中《せなか》にショウリョウバッタがくっついていたのを、本人だけが二十分も気づかずに歩いていて、クラスのみんなが大わらいしたのも知らないわけだし。

でも、それは仕方がないのではないか？　なぜなら、由樹本人が雨女なら、遠足は雨で中止になるわけだから。どっちにしろ由樹は遠足に参加できない運命なのだ。

きのうは一日中ぴかぴかの晴れだった。でも、雨女がいたら、雨雲が不意に現《あらわ》れて、ゲリラ豪雨《ごうう》が降《ふ》ったはずなのだ――。

小山先生に、それを全部説明していたら、算数の授業《じゅぎょう》がつぶれてしまう、と竜広は時計を見た。いや、算数がつぶれるのは、むしろいいことではないか？

よし。竜広は手を挙げようとした。

でも、先生のほうが先だった。

「雨女はこの世に存在《そんざい》しません」

教室内が静まり返った。

ここは三階なのだが、一階の駐車場《ちゅうしゃじょう》で車の出ていく音が聞こえるほど、しんとしている。

「雨女も、雨男も、だれかの思い込《こ》みです。そんなものは実際《じっさい》にはありはしないし、ありもしないことで、だれかが傷《きず》つくのは許《ゆる》されないことです。みなさんがもしも本気で信じているなら、その妄想《もうそう》は一刻《いっこく》も早く捨《す》ててください」

一呼吸《ひとこきゅう》置いて、先生は続けた。

「では授業《じゅぎょう》を始めます」

＊

「なっとくいかねー」

翌日《よくじつ》の土曜日、七星《ななほし》少年野球チームの練習が広町《ひろまち》公園のグラウンドで行われた。竜広は、内野で守備《しゅび》をしながら、ひとりでぼやいた。

先生の言葉がいっときも頭からはなれない。

雨女も、雨男も、だれかの思い込《こ》みです。そんなものは実際《じっさい》にはありはしない……。

幸い監督《かんとく》は、タッツが上の空であることには気づかないようだった。

「はい、じゃあ、今日の練習はこれで終了《しゅうりょう》」

監督《かんとく》がいうと、みんな野球帽《やきゅうぼう》をとって頭を下げた。

「ありがとうございました！」

竜広は、小走りに三塁《るい》側の客席に行った。客席といっても、市民スタジアムとはちがって、ベンチが三段《だん》連なっているだけだ。そこに里桜が来てくれていたのだった。

「アイスティー持ってきた。自分用だけどね。多めに作ってきたから」

里桜が水筒《すいとう》と紙コップを出す。

「うぉぉ、なんて気がきくんだ。すばらしい」

竜広がさけぶと、チームメイトがからかってくる。

「へえ、タッツのカノジョかぁ」

チームには他の学校の男子もいるので、彼《かれ》らは里桜のことをよく知らないのだった。

「ちげーよ！　これから和馬もいっしょに大事な密談《みつだん》があるのっ」

竜広は力を込《こ》めた。自分なんかとカップルにされたのでは、里桜が憤慨《ふんがい》するのではないかと心配だったのだ。

それでも里桜に来てもらったのは、小山先生の言葉のせいだ。「雨女なんていない」になっとくできなくて、竜広は里桜と話し合いたかったのだった。ついでに、となりのクラスの和馬も巻《ま》き込《こ》んだ。

和馬が女子の間で人気なのは、竜広もよく知っている。きっと里桜だって好きなんじゃないかと思ったのだ。

「うめー。サンキュー」

アイスティーを、和馬が一気飲みする。竜広はさらに勢《いきお》いよく飲もうとして、コップのわきからドリンクをたらたらとこぼしてしまった。

「きたねー」

和馬がいって、里桜がわらった。

「なあ、和馬。『雨女』っているよな?」

竜広は、まずは和馬に話をふってみた。

「うーん、マジでいわれるとわかんないなぁ。うちの兄貴《あにき》は自分が雨男だってときどきいってるけど」

「あんなに全力で雨女を否定《ひてい》してさ、小山先生、雨女にのろわれたらどうする気だろ」

そういった竜広に向かって、里桜が首を横にふった。

「小山先生、ぜーんぜん平気だと思う」

「へ」

「だって前に、ゆうれいなんていません！　っていってたもん。あなたに不幸なことが起きる、って面と向かっていわれても、まったく気にしてない、って感じだった」

「なんだよそれ～！　えーえー？」

竜広が聞くと、里桜は教えてくれた。以前、塾《じゅく》帰りに、先生に助けてもらったこと。他校の女子をぴしりとしかりつけたことも。

「つえーっ。小山先生、イラッとするけど、やっぱすげーな。おれ、『あなたに不幸が起きる』っていわれたら、土下座《どげざ》して謝《あやま》るわ」

しゃがみ込《こ》んで謝《あやま》るマネをして、竜広は二人をわらわせた。

「はっきりとわかる事実しか信じない先生なんだな。見えないものは信じない」

感心した様子でいった和馬が、ふと一点を見つめた。三塁《るい》側のフェンスの先、木立の向こうだ。だれかが歩いていく。

「あれ、うちの先生だ」

和馬は六年二組だ。担任《たんにん》は馬場先生。竜広は目をこらした。

「横にいるの、小山先生じゃね？」

こうやって見ると、ほっそりしたコンビだ。小山先生の背《せ》が高いため、ふたりはほぼ同じ身長に見える。

小山先生は手に小さな花束を二つ持って、先に立って歩いていく。ななめ後ろから馬場先生がついていっている。

馬場先生のメガネに日光が当たって、きらっと光って見えた。

「ついていこうぜ」

竜広がいいだし、

「じゃあ、グローブ持ってかないと」

と、和馬はあわてて野球の荷物をまとめた。

「え、見つかったらどうするの。おこられそう」

たじろぐ里桜に、

「いいから、ついてこいよ」

といって、竜広は先頭切って追いかけ始めた。といっても走ったら目立つので、身をかがめて小走りに、木陰《こかげ》を選んで走る。

「タッツ、おまえ、忍者《にんじゃ》ごっこやってんの?」

グラウンドから、チームメイトがけたけたわらう声が聞こえるけれど、竜広は聞こえないふりをした。

少しはなれたところまで里桜がついてきていて、さらに後ろから和馬が来る。里桜を置いてけぼりにしないように、和馬はちゃんと配慮《はいりょ》しているようだ。そういうところも、こいつのモテる理由なんだよなぁ……とどうでもいいことが、竜広の頭をよぎる。

小山先生と馬場先生は、公園墓地《ぼち》に入っていった。ゆるやかな上り坂になる。大きな道路が延《の》びていて、左右に街路樹《がいろじゅ》がならんでいる。見失わないように距離《きょり》を置いて、竜広は木の幹《みき》から幹へ、飛び移《うつ》るようにして姿《すがた》を隠《かく》した。

でも、心配する必要はないようだ。先生たちは、だれかに見られているなどとは考えていないようで、こちらをふり返りもしない。

やがて先生たちは、坂を上るのをやめて、左のほうへ入っていった。ずらりとお墓《はか》が並《なら》んでいる。

「昼でまだよかった。わたしここに夜来るの、絶対《ぜったい》ムリ」

里桜がつぶやく。竜広が答えるより前に和馬が、

「だいじょうぶ。みんなムリだから」

とはげましている。

小山先生たちは、途中《とちゅう》にある広場で、バケツに水を入れてさらに歩いていく。ついに立ち止まった。

「チャンス。行こうぜ」

竜広はスピードを上げて、近づいた。お墓《はか》は坂道に並《なら》んでいるので、段々《だんだん》になっている。一つ上の段に大きなお墓があったので、その陰《かげ》に隠《かく》れるように、竜広たちは忍《しの》び寄《よ》った。これで、ふたりの姿《すがた》が見えるばかりか、会話まで聞こえる。

小山先生は、お墓をそうじしてから、ひしゃくでバケツの水をすくって墓石にかけた。そして花を活《い》ける。馬場先生が線香に火をつけて、お墓の前に立てた。

そして小山先生は、お墓に向かって話し始めた。

「わたしね、結婚《けっこん》することになったよ。明日が結納《ゆいのう》だから、今日は報告《ほうこく》に来たんだ。相手はこの人。同じ職場《しょくば》の馬場先生だよ」

やっぱりユイノウのニュースも合っていたんじゃないか！　と竜広は里桜と目配せしあった。

馬場先生のほうはきのう、和馬ら二組の子たちに追及《ついきゅう》されて、結婚《けっこん》することを報告《ほうこく》したらしい。

大事なことを全然教えてくれないで説教ばかりする小山先生ってひどいよな、と竜広はきのうイライラしたことを思い出していた。

しばらく小山先生は、しゃがんだまま無言で手を合わせ、そのななめ後ろで馬場先生も同じように手を合わせている。

「さ、行こうか」

バケツとひしゃくを持って、小山先生が立ち上がり、歩きだした。と思ったら、すぐ立ち止まった。

「きみたち」

「ん？　きみたちって何」

馬場先生が小山先生にたずねている。

竜広の背中《せなか》をだれかがギュウとつかんだ。里桜だった。

「きみたちはそこで隠《かく》れて何をしているんでしょうか」

墓石《はかいし》の影《かげ》から竜広がちらっとのぞくと、小山先生と完全に目が合ってしまった。

竜広は立ち上がった。続いて、和馬が立つ。里桜はまだ見つかっていないと確信《かくしん》しているみたいで、しゃがんだままだ。

「ストーカーじゃないですよぅ」

和馬が頭をかく。

「ちょうどそこのグラウンドで野球の練習が終わって、二人が見えたから」

「ああ、そうか。練習おつかれ」

馬場先生がわらった。銀縁《ぎんぶち》のメガネがいかめしく見える先生だけれど、笑顔《えがお》はとってもやさしげだ。小山先生とずいぶんちがう、と竜広は思った。

「小山先生って、むじゅんしてませんか」

心のなかで思っていたことが、竜広の口をついて出てしまった。

「むじゅん？」

先生に聞き返されて、竜広は止まらなくなった。

「見えないものは信じないんですよね？　雨女はこの世に存在《そんざい》しないんですよね？　ゆうれいもいないんでしょ？　なのに、お墓《はか》に向かって話しかけてた。お墓のなかでねむっているたましいに、語りかけたわけですよねえ。実質《じっしつ》、ゆうれいにしゃべりかけてたってことっしょ？」

小山先生は、固まったまま動かない。まつげだけが、まばたきするとき上下に移動《いどう》する。

「自分は本当はゆうれいを信じているのに、おれたちには『そんなものはいない』っていって、本当のところどうなんですかぁ」

いやみっぽくいいすぎたかもしれない。竜広は口をつぐんだ。

小山先生がまた反撃《はんげき》してくるのではないか、あるいは馬場先生がかわりにおこってくるのではないか……。短い間にいろいろなことを考えてしまう。

先生はしゃべらない。

おれのいってることが正論《せいろん》すぎて、先生は言葉を失っているのかもな、と竜広は感じた。

ふと思う。小山先生にあだ名をつけるとしたら、「負けおばさん」でいいのかもしれない。本物の負けおばさんとはまったくちがう意味でだけれど。子どもの理論《りろん》に負けて、口ごもっているのだから。

ようやく小山先生が口を開いた。

「あさって月曜日、学級会があるよね。そこで、クラスみんなでお話ししませんか」

それだけいって、先生はだまってこっちを見ている。

「あ、はい」

不満だったけれど、竜広はそう答えた。

今日と明日の日曜日で、先生はいろんな理屈《りくつ》を考えてくるにちがいないと思ったから。今、答えないなんてずるい。

でも、和馬が竜広のユニフォームのすそをしきりに引っ張《ぱ》っている。もう終わりにしろ、といっているのが伝わってくる。

「じゃあ、また月曜日に」

ぶすっと答えた竜広と対照的に、和馬が、

「おっじゃましましたぁ」

と陽気な声でいう。

「さ、行こうぜ」

和馬は竜広の背中《せなか》をおすようにして歩きだした。

「三人とも、気をつけて帰ってね」

小山先生がいう。里桜は、自分もいることがバレていることを知って、ようやく立ち上がった。

＊

「これから学級会を始めます。今日は、先生のほうでみなさんに話そうと思っていることがあります」

月曜日の午後、小山先生がそう切り出したとき、竜広と里桜は目配せし合った。

週末、公園墓地《ぼち》で先生を追いかけたことも直接《ちょくせつ》言葉を交《か》わしたことも、竜広はクラスメイトたちに報告《ほうこく》しなかった。

学級会でお説教された後で、「タッツたちのせいじゃんか」とみんなにおこられたくなかったから。

もっとも、小山先生の口から、「竜広くんと里桜さんに話す約束をしたから」などといわれてしまうと、全部バレてしまうのだが。

教室内は、まだこそこそおしゃべりをしている人もいて、ゆるやかな空気だ。七月に入ったから、夏休みの過《す》ごし方や注意点について先生がしゃべるのではないか、とみんな考えているようだった。

先生は、黒板に向かい、「ノストラダムス」と書いた。

「ん、なんのことだろ」

竜広はまた里桜をちらっと見た。里桜が首をかしげている。

「みなさんは聞いたことありますか？　『ノストラダムスの大予言』って」

ない、と竜広は心のなかで思った。でも、クラスの数人が、

「あるある」

「地球が滅《ほろ》びるやつだろ？」

と気になることをいっている。

「そう。『ノストラダムスの大予言』は二十年以上前に、日本だけじゃなく世界中を不安に陥《おとしい》れた予言なんです」

「おもしろそう」

竜広は思わず、つぶやいた。横で里桜は、

「怖《こわ》そう」

と同じタイミングでいった。

「一九九九年の七月に、人類が滅亡《めつぼう》する。それが『ノストラダムスの大予言』でした」

えー、だって実際《じっさい》、滅亡してないじゃんか。

ふだんなら竜広は大声でそう感想をいっていただろう。だが今は、心のなかで思うだけにしておくことにした。

「先生は、一九九九年、みなさんと同じ小学六年生でした」

「えっ」

「マジ」

小さな声があちこちで上がる。

「先生に子どものころがあったなんて、信じられないという顔つきですね。でもあったんです」

あくまでも真顔で先生はいう。

「実は当時、先生は怖《こわ》い話が大好きでした。ゆうれいの話、怪談《かいだん》、実際《じっさい》にあった怖い話。半分信じて、けど半分信じてなくて、わくわくしていました」

「はぁ？」

さすがにだまっていられず、竜広はそうつぶやいて里桜を見た。だって、ゆうれいなんていないと断言《だんげん》していなかったか？

でも、里桜はこっちを向いてはくれなかった。目を見開いて、すっかり先生の話に入り込《こ》んでいる。

竜広はなかなか集中できなかった。ハエが一匹《ぴき》、窓辺《まどべ》のカーテンの周りをうろうろ飛んでいる。それを見るともなく見ていた。

「わたしが『ノストラダムスの大予言』を初めて聞いたのは、十歳《さい》のときか十一歳のときか、とにかく問題の一九九九年七月よりも、一年以上前でした。そのころ、大人の読む週刊誌《しゅうかんし》でも大特集されたり、テレビでも放送されたり、とにかくあちこちで話題になっていたんです。本当に滅《ほろ》びるのか、という議論《ぎろん》のほかに、どんなふうに滅びるのか、という予想もありました。宇宙《うちゅう》の果てから隕石《いんせき》が飛んでくる、どこかの国でだれかがまちがって核爆弾《かくばくだん》の発射《はっしゃ》ボタンをおしてしまう、あるいは世界的な大地震《おおじしん》が起きる。とても怖《こわ》いんですけど、でも、わたしはおもしろいと思った。一九九九年七月に何かが起きると、半分くらい信じて、半分は信じてなかった。でも、もし滅びてしまうとしても、全世界みんないっしょなんだから、そんなに怖くないよね、と思っていました」

先生はチョークを持ったまましゃべっていたことに気づいて、それを黒板のすみにもどした。

竜広はハエなどどうでもよくなっていた。もっと早く、続きをしゃべって、とせがみたい思いだった。

「同じクラスに、なかよしの絵麻《えま》ちゃんという子がいました。知り合ったのは三歳《さい》くらい。家が近所だったので、通学もいつもいっしょでした。その子は、『ノストラダムスの大予言』の本をわざわざ買って、過去《かこ》にどんな予言が当たっているのか調べて、わたしに教えてくれました。今でこそ、先生はみんなに『本を読みなさい、読みなさい』とよくいうけど、自分がみんなの年ごろのときはそんなに本を読むのが好きじゃなくて、だから絵麻ちゃんがかわりに読んでくれて、教えてもらうことで満足していたわけなのですね」

一つせきばらいをして、先生は続ける。

「ノストラダムスというのは、十六世紀《せいき》のフランスに生まれた人で、お医者さんをやりながら、いろんな予言をしていたそうです。予言は、詩のような形で、だから抽象《ちゅうしょう》的《てき》な、あいまいな言葉が使われている。でも、それを読み解《と》いていくと、たとえば、当時の王様の病気のことや、もっと後の、第二次世界大戦の悲劇《ひげき》まで、さまざまなことが予言されていて、すべて的中してきたというのです。その人が、一九九九年七月に『空から恐怖《きょうふ》の大王が降《ふ》ってくる』と予言していることがわかって、世界中で話題になりました」

ノストラダムスの
大予言

教室は静まり返っている。

「そういったことを絵麻ちゃんに教えてもらって、わたしは『怖《こわ》いね』っていいながらも、おもしろくて仕方なかった。恐怖《きょうふ》の大王ってなんだろう。どんなものか知りたい気もする。そう思っている間に、一九九九年のお正月になり、冬が終わり、春が来ました。絵麻ちゃんとわたしはしょっちゅうそのことを話し合っていました。いえ、わたしたちだけじゃない。クラスでもしょっちゅう話題になっていたし、テレビでも大人たちがまじめに、話し合っていた」

それから小山先生は教壇《きょうだん》に両手をついて、しばらく下を向いて、ようやく顔を上げて話し始めた。

「七月に入りました。まだ地球は終わらない。きっと月末なのだと、みんな思っていました。七月十四日が絵麻ちゃんの誕生日《たんじょうび》でした。わたしは学校にこっそりプレゼントを持ってきていました。なぜって、絵麻ちゃんは大予言におびえすぎていて、今年は誕生会なんてやる気がしない、といっていたから。それで学校でプレゼントを渡《わた》そうと思ったの。かわいい手さげかばんでね。中に、ハート型《がた》をあしらった、かわいいハンカチも入れていたの。でも、絵麻ちゃんは登校してこなかった。風邪《かぜ》かな、どうしたのかな、と思ったら、その日、先生の様子がおかしかった。いろんなことがおかしかった。そして、先生がついに発表したの。『絵麻さんが急病で、亡《な》くなりました』って」

「え？」

会ったことはないが、ぼんやりと絵麻ちゃんの顔を想像《そうぞう》しながら話を聞いていた竜広は、思わず声を出した。

他のクラスメイトも同じだ。

「うそ！　死んだってこと？」

「急病って何」

小山先生は、みんなが静まるのを待ってから続けた。

「後で知りました。絵麻ちゃんは病気じゃなかった。自分で命を絶《た》ったんです。マンションの高いところから。遺書《いしょ》があったそうです。七月末に世界が終わるのに、誕生《たんじょう》日《び》をむかえてもつらいだけだと、書かれていたそうです」

コホッと一つ、先生はせきをした。

「みなさんは信じられないだろうと思いますが、絵麻ちゃんだけじゃなかった。当時、大人でも命を絶《た》つ人はいて、ニュースになりました。そして、わたしはどう思ったかというと……絵麻ちゃんが死んでしまったのは悲しいけれど、どっちにしろ七月末に世界が終わるなら、ほんの何週間かちがうだけだな、って。そう考えていました。だから、しばらくはただ、さびしいだけでした。それが猛然《もうぜん》と腹《はら》が立ってきたのは、七月が終わったときでした」

先生は教壇《きょうだん》を降《お》りて、みんなの席の間をゆっくり歩き始めた。

「何事もなく八月はやってきました。いつもの暑い夏が、続いていました。世界は終わらなかった。そこで初めて思ったんです。なぜ絵麻ちゃんは死んだのか、と」

先生のくつが鳴る。それが、お坊《ぼう》さんがポクポク鳴らす木魚の音みたいに聞こえた。

「先週の土曜日、先生はお墓参《はかまい》りに行ってきました。七月十三日。誕生日《たんじょうび》の前日。絵麻ちゃんの命日でした」

ああ、あのお墓は絵麻ちゃんのだったのか。竜広がハッとして先生を見つめると、ちょうど目が合った。

「またあらためて報告《ほうこく》するけれど、先生は結婚《けっこん》することになって、それを絵麻ちゃんに伝えたいというのもありました。生きて、大人になっていたら、きっと今でもわたしたちは友達で、ちゃんとカレ氏を紹介《しょうかい》し合ってたと思うから」

先生の声が低くなっていく。泣くのをがまんしてるのかもしれない。

他のときなら、「結婚」という言葉に、みんな激《はげ》しく反応《はんのう》しただろうけれど、今はそういう空気にはならなかった。

しばらく沈黙《ちんもく》が流れて、先生の足音だけがひびいた。やがて、先生は教壇《きょうだん》にもどって、両手を教卓《きょうたく》に置いて、みんなを見《み》わたした。目は赤くなっているけれど、声は元にもどっていた。

「ノストラダムスの大予言は、詩なのね。どんなふうにも解釈《かいしゃく》できる。だから、過去《かこ》の予言が全部当たっていたというのも、そう解釈する人たちの意見だった。信じるか信じないか、もっと冷静でいなきゃいけなかった。だから先生は心配なんです。雨女だとか、ゆうれいだとか、そういうのを安易《あんい》に信じすぎてしまうようになったら、もしもまた新しい大予言が出てきたとき、信じやすい人間になってしまう。だから」

先生は両手を胸《むね》の前で、まるで祈《いの》るように合わせた。いつもの小山先生らしくないポーズだった。

チャイムが鳴りだした。

「雨女とかゆうれいをいっさい信じるな、そんなものはいない、と先生が発言したのは、ちょっといいすぎたと思っています。そういうじょうだんをいったり、占《うらな》いを楽しんだりするのはいいでしょう。ただ、周りが見えなくなるほど自分の生活や考えをうばわれると、だれかにイヤな思いをさせたり、自分を傷《きず》つけてしまったりすることがあります。決してそうならないようにしてください。人をまどわせるものに対して

『これは本物なのか』と常《つね》に考え続けられる人間でいてください」

先生が「終わります」というよりも前に、竜広は手を挙げた。

「先生！」

「はい、竜広くん」

「ぼくは今まで占《うらな》いをたくさん信じてきたんですけど――」

「はい」

「それを半分くらいに減《へ》らそうと思います」

「やめるんじゃないのかよ！」

だれかがツッコんでくれた。

「そうね。いいと思います」

先生はうなずいてくれた。

休み時間になって、竜広は視線《しせん》を感じた。横の里桜がこっちを見ている。目を合わせて、同じことを考えているのがわかった。

竜広と里桜は、くるりと後ろの席のほうを向いた。

由樹が、びっくりした顔で、

「何？」

といった。

「ごめんな」

「ごめんね」

ふたりで同時に、謝《あやま》った。

第⑥章 見えないもの

帰りの会が終わって、放課後になった。

里桜《りお》は、バッグをつくえに置いたまま、教室を出た。

「おーい」

タッツの声が聞こえる。もしかして、と思って、引き戸までもどってのぞいてみると、やっぱりタッツは里桜を呼《よ》んでいた。タッツの後ろにいる由樹《ゆき》も、こちらを見ている。

野球で日焼けしたタッツは、こうやってはなれて見るとゴボウみたいだった。里桜としてはほめているつもりだ。炊《た》き込《こ》みご飯に入っているササガキゴボウは、とてもおいしいと思うから。

「いっしょに帰らねえ？」

タッツは、由樹のほうをちらっと見ながらそういった。

さっき、学級会の後にふたりで由樹に謝《あやま》った。でも、それだけではきっとまた距離《きょり》ができてしまうから、今日のうちにもっと話そう。たぶん、タッツはそう思っているのだ。里桜もまったく同じ気持ちだった。

「ちょっと用事あるんだ。ここで待っててくれるなら」

里桜が答えると、タッツは声を出すかわりに、両手を頭の上にかかげて、マルを作った。

「サルっぽい」

思わず里桜はわらってしまった。

「なんだってー？」

タッツがいっているけれど、里桜は再《ふたた》びろうかを歩き始めた。

「わっ」

ちょうど二組から出てきた人とぶつかりそうになった。和馬《かずま》ではないか。

「お、こないだはどうもな」

向こうから、そう声をかけてきてくれた。

「あ、うん。またね」

里桜はほっぺたを手でおさえながら、階段《かいだん》を下りて一階まで行った。急にほおが熱くなった気がしたせいだ。

早足で歩いていくと、教員室の前で、小山《こやま》先生が音楽の岡江《おかえ》先生と立ち話しているのが見えた。後ろにはりついていると、岡江先生が気づいてくれた。

「小山先生、話のある子がいるみたいですよ」

それで、小山先生はようやくこちらに気づいてくれた。

「あら、どうしたの？　松崎《まつざき》さん」

「ちょっと聞きたいことがあって」

「あ、もしかして他の学校のあの子のこと？」

「え？」

里桜はまったく別のことを聞くつもりだったので、驚《おどろ》いて返事に時間がかかった。先生はその沈黙《ちんもく》をカンちがいしたみたいだ。事務室《じむしつ》のとなりの部屋に向かって歩きだして、ドアを開ける。

「こっち、来て」

手招《てまね》きしているので、里桜はそちらに向かった。入ったことのない部屋。会議室みたいなところだ。大きなテーブルが一つと十個《こ》ほどのいすが置かれている。

小山先生がドアを閉める。

「すわって」

「はい」

「実は先生も気になってたの。あの子がまだ怖《こわ》い話を続けていないかどうか」

「ああ、聖来《せいら》ちゃんのこと」

里桜は、先生が何の相談だと思ったのかようやくわかった。塾《じゅく》の帰り、ゆうれいや血だまりの話でおびえていたときに、先生が通りかかって助けてくれた。そのときのことをいっているのだ。

「聖来ちゃんは、怖《こわ》い話が好きな友達を見つけて、いっつもいっしょにしゃべってます」

「そう。じゃあ、松崎さんはもう怖い思いをしなくてすんでいるのね」

「はい」

「で、聖来ちゃんっていう、その子も、だいじょうぶだと思っていいのかな？」

「え」

「いや、あのとき、松崎さんを守らなきゃと思って、あの子にきついことをいっちゃったから。ウソをついてるつもりはなかったのかもしれない。想像力《そうぞうりょく》が豊《ゆた》かすぎて、本当と想像の区別がつかなくなる子っているんだよね」

「少しおおげさにいってるのかなぁ、っていう気はします」

「そうなの？」

「新しい友達に、わたしにしたのと同じ話をしゃべってるのが聞こえたことがあって、でも前よりもっとおおげさになってて。たぶん、その子があんまり怖《こわ》がらないから、ドキドキさせようと思ってるのかなぁって」

「ああ、なるほどね。もっと自分に注目してほしいのかもね」

「そういうのがわかってくると、ゆうれいの話が聞こえてきても、そんなに怖くはないっていうか。新しい話はもう聞きたくはないんですけど」

「そうよね。怖いお話が好きな子もいれば、苦手な子もいるのよ」

「で、あの先生……。わたしが話したかったのは、全然別のことなんだけど」

里桜は思い切って、話題を変えた。

ガク、と先生はずっこけるふりをした。いつもまじめなので、そんなポーズを見たことがなくて、里桜はちょっぴりわらってしまって、それから真顔にもどった。

「あのね、さっき学級会で、先生の話を聞いて……。ゆうれいも、占《うらな》いも、見えないものですよね」

「そう」

「それを、信じすぎちゃいけない」

「うん、そうね」

「じゃあ、見えないものを信じたいときは、どうすればいいんですか？」

「ん？　見えないものを信じたいときがあるの？」

先生は、里桜の言葉をくり返してから、首をかしげた。

「人を好きっていう気持ち」

「へ」

「だれかを好きになる気持ちって、目に見えないじゃないですか。この人を本当に好きって、どうやったらわかるのかなぁ。先生は、馬場《ばば》先生を好きっていう気持ちが、ちゃんと見えたから結婚《けっこん》するんでしょ？」

「はい？　え？　なんだって」

小山先生はハンカチを取り出して、

「急にあせ出てきた」

と、ひたいをぬぐった。

「すごく難《むずか》しい質問《しつもん》をされた気がするんだけど。どうして、そんなことを思ったのか、最初から話してもらえるとありがたいですね」

「えーと、だから……」

　里桜は口ごもってから、がんばって声を張《は》った。

「前から、わたしは自分はちょっとおかしいのかなって思ってて」

「どういうところが？」

「みんな、好きなアイドルとか、好きな男子がいて、よくうわさ話してるんだけど、わたしはそういう人がいなくて」

「ふむ。別におかしいことじゃないと思うけど。続けて」

「で、みんな、二組の和馬くんがカッコいいっていってて、そばを通るとドキドキするとか、話したら顔が赤くなっちゃうとか」

「へえ、和馬くんが、そういう存在《そんざい》なんだね」

先生は、天井《てんじょう》を見上げて、ほほえみながらうなずいた。

「で、わたしも最近、それがわかるようになってきて」

「へえ」

「相手は、和馬くんじゃなくって。先生、絶対《ぜったい》ナイショだよ?」

「守秘義務《しゅひぎむ》は守ります」

「タッツのこと、ちょっといいなって」

「なるほど。となりの席だもんね」

「ドキドキするんじゃなくて、いっしょに話してると、なんかこの人の思ってることわかるー! とか、今、通じ合った気がする! って瞬間《しゅんかん》があって。変かな」

「周波数が近いのかも」

「周波数?」

「要するに、気が合う人ってことです」

「そう、そういう感じなんです。だから、タッツのこと、わたしは好きなんだ、って思ってたんだけど」

「だけど？」

「こないだ、野球の練習を見にいったときにね。あ、先生とお墓《はか》で会った日です。わたしはその前に、練習試合をずっと見てたの」

「そう」

「和馬くんはショートっていうところを守ってて、パーン！　と地面をけって跳《と》んで、ボールをキャッチして。見てたらドキドキしてきて」

「なるほど」

「さっき、教室でタッツに呼《よ》ばれたとき、うれしくって。でも、ろうかに出て和馬くんを見かけたらドキッとして」

「ふむふむ、わかってきました」

「タッツがいいと思ったのに、和馬くんもいい気がしちゃう。前は好きになれないと思ってたのに、今は好きな相手が多くて。みんなみたいに、ひとりに決められない。

おかしいですよね。自分で自分が心配で……。見えないものをちゃんと信じるってどうやれば。先生は、どうして馬場先生だけが好きってわかったんですか？」

「んんん――」

小山先生は、両ひじをテーブルについて考え込《こ》んでいた。けれど、そのうち、両ひじが左右にずれていって、顔ごとテーブルにへばりつく形になってしまった。そして、まだうなっている。

「んんんん――――」

「せ、先生？」

体調が悪くなったのかと心配して、里桜は声をかけた。先生はようやく顔を上げた。

「あのねえ、とても難《むずか》しい」

「え？」

「先生になるときに受けた教員採用《さいよう》試験よりも難しい。好きっていう気持ちをどうやってわかるか……。なんでかって、わたしも松崎さんにちょっと似《に》たところあるのか

もしれないからな」

「ええっ？」

「馬場先生を初めて見たときに、ピピーン、この人が好きです、とはならなかった」

「そうなんですか？」

「親切だな、とか、話し方がはっきりしててすがすがしいな、とか、子どものことをよく考えてるな、とか、自分もいそがしいのにわたしの相談に乗ってくれてありがたいな、とか、そういうのを少しずつ積み重ねて、好きっていう大きな積み木の山ができたっていうかね」

「へえ……」

「あ、そうだ。駅前で松崎さんに会ったでしょ」

「はい」

「そのとき、もう駅がそこなんだから『じゃあ、ぼくは先に帰る』っていってもふしぎじゃないのに、馬場先生は待っててくれた。そういうところでまた一つ、好きの積み木が増《ふ》えたんだよねー。って何をいわせるんですか」

先生は顔を赤くして、手でパタパタとあおぎ始めた。

クラスのみんなになかなか結婚報告《けっこんほうこく》をしてくれなかったのは、照れていたのもあるかも、と里桜は気づいた。

「つまり、一瞬《いっしゅん》でドーンと好きになる人もいるけど、時間をかけてゆっくりの人もいる。松崎さんもたぶんそうで、まだ始まったばかりでしょ。竜広《たつひろ》くんとも、和馬くんとも、たくさん時間を過《す》ごして、考えていく。見えないものは、じっくり考える」

「占《うらな》いとかと同じなんですね。信じすぎないで、考える」

「うーん、占いや予言やゆうれいと、好きっていう気持ちは、同じ見えないものでも、ちょっとちがうと思うな」

「そうですか？」

「占い、予言、ゆうれいって、人間が作ったものでしょ。だから、それは、にせものかもしれない、ってときには疑《うたが》う必要もあるっていうのが先生の考え。一方で、好きっていう気持ちは、うーん……そうだね、人は最初から『好き』っていう気持ちの小さな苗《なえ》を持って生まれてくるのかもしれない」

「小さな苗？」

「そう。苗はだんだん育って小さな木になって、『好き』っていう花をさかせて。花はいくつもさくんだろうね。恋愛《れんあい》の『好き』だけじゃなくて、友達を『好き』って思ったり、仕事や趣味《しゅみ》を『好き』って感じたり。その木を大切に手入れしていくと、いつか松崎さんが願うような大きな花がさくんじゃないかしら」

「そっか、時間をかけて木を育てていくことが大事なんだね」

「そうだね。花がさくのはずっと先の人もいるかもしれないし、自分が思うよりもいっぱいさいて、びっくりすることもあるかもしれない。それは人それぞれだと思う」

「そうか……わたし、わかってきたかも。ゆっくりゆっくり見ていこう」

里桜がいうと、先生は顔を上げて、手を合わせた。

「なら、このくらいでカンベンしてくれますかね。今日のどの授業《じゅぎょう》よりもエネルギー使いました」

「すみません」

里桜はぺこっと頭を下げた。

「わ、会議に行かなくちゃ」

小山先生は、すっと立ち上がって、書類を手に持って、いすを引いている。

「ね、さっきもいったけど、タッツとか和馬くんのこと、ナイショですからね、先生。もろもろ」

「はい、守秘義務《しゅひぎむ》よね？　もろもろ」

先生がそう答えてくれたので、里桜はもう一度、頭を下げて部屋を出た。

ろうかの窓《まど》から西日が差し込《こ》んできている。だいぶ時間がたってしまった。小走りに階段《かいだん》を上がって、六年一組の教室へ入った。

ふたりは待っていてくれた。

タッツと由樹と里桜。三人で駅に向かった。里桜は四月の初め、新しいクラスになったときの心細さを思い出した。今は、こうやっていっしょに下校できる友達がいる。

となりの駅に、もうすぐ新しいアミューズメントパークができるらしい。ボウリングや卓球《たっきゅう》、バッティングセンターがあるのだとタッツが教えてくれた。今度、三人で行こう、という話になった。

「じゃあ、わたし、こっちだから」

由樹が交差点で手をふって、帰っていった。

「話せてよかったよな、由樹と」

タッツがそういったので、里桜は答えようとして、首をかしげた。だれかに呼《よ》ばれた気がしたからだ。

「リオーッ」

「ん？」

きょろきょろとあたりを見回したら、姉が交差点を渡《わた》って、こちらに近づいてくるところだった。

「おねーちゃん、学校は?」

「今日は早めに終わった。これから家庭教師《きょうし》」

「あ、そうなんだ」

タッツが姉をじろじろ見ているので、里桜は紹介《しょうかい》した。

「うちのお姉ちゃん。大学生なんだ。こっちは同じクラスの友達。タッツ」

友達、というとき、里桜はちょっぴりドキドキした。が、姉は別に気にしていなかった。

「いつも妹がお世話になってまーす」

愛想《あいそ》よくあいさつをして、立ち去ってしまった。

「ぷっははは」

と、タッツがふきだして、わらい転げている。

「どうしたの? お姉ちゃん、なんか変だった?」

里桜が聞くと、タッツはおなかをおさえながらいった。

「おれ、商店街で女の占《うらな》い師《し》に見てもらったことあるって、いったろ？　あれ、絶対《ぜったい》、おまえのねーちゃん」

「うそだ――――っ」

「ほんとだって。ヴェールかぶってたけど、顔を見たもん」

「ありえないよっ。お姉ちゃん、占い、まったく信じない人だもん」

「マジで？」

「大学で心理学っていうのを勉強してるんだ。逆《ぎゃく》に占いを信じてしまう人間の心理はどういうものか、とか調べてるんだって」

「ふーん、でも見まちがいじゃないと思うんだよなぁ。だって目の前にすわって話を聞いたんだぜ」

タッツは力強くそう主張《しゅちょう》する。

そういえば、いつものお姉ちゃんならもっと長くしゃべるのに、さっきは急いでにげるように去っていったな……と里桜はふと思った。

＊

寝坊《ねぼう》してしまった。

里桜は、バスを降《お》りて、市民スタジアムに入った。

「あ！　里桜やっと来た」

未散《みちる》がスタンドから見つけてくれて、階段《かいだん》を下りてきた。

「席取ってあるからね。負けおばさんが最前列で、あたしら、前から二列目。由樹ちゃんが荷物見てくれてるんだ」

「うん、ありがと。すぐ行く」

「じゃあ、席にもどってるね」

かけあがっていく未散に手をふってから、里桜は、選手たちのいるベンチに向かった。七星《ななほし》少年野球チームは、この間と同じ三塁《るい》側だ。今日の対戦相手は、赤虎《あかとら》ファイターズ。ピッチャーが速球派《は》らしい。

ベンチをのぞくと、タッツがすわってバットの手入れをしているのが見えた。

「タッツ」

小声で呼《よ》ぶと、立ち上がって、

「おおっ」

と、すぐこちらに来てくれた。

「タッツのいうこと、当たってた。お姉ちゃん、心理学のレポート書きたくて、占《うらな》い師《し》のふりしたんだって」

今週、姉と家でじっくり話す時間がなくて、きのうの夜、里桜はようやく追及《ついきゅう》したのだった。

「やっぱなーっ」

「本物の占い師のおばあさんに、レポートのためにもともと話を聞いてたんだって。

人の心理をうまく突《つ》けば、どんな占《うらな》いも当たってる気がするんじゃないか？　っていう研究」

「なんだよ。孫じゃねーのかよぅ」

「あ、そんなウソついてたの？　おばあさんが風邪《かぜ》でゴホゴホいってるとき、『わたしが来たお客さんを断《ことわ》りますから』っていっといて、かわりに占ったらしい。自分流に心理を突いてみた、って。来たお客はタッツだけだったらしいけどね」

この間の姉はやはり、タッツがあのときのお客だと気づいて、あわててにげたそうだ。

「クソーッ、本物っぽかったんだよなぁ。ラッキーアイテムが四つ葉のクローバーなんて、テレビといっしょだったし」

「あたしがテレビ見て、お姉ちゃんに教えてあげてるんだよ。いつも。おんなじうお座《ざ》だし」

「ぐえー、それを必死に信じちゃってたおれ」

「お姉ちゃん、謝《あやま》ってた。で、これ渡《わた》してっていわれた」

渡されたのは千円札だった。

「あ、これもしかして、占《うらな》い料？」

「ほんとはお金なんていらなかったんだけど、占い師《し》だから、もらわないと変かと思ったんだって」

「ふーん、当たってたから満足なんだけど、せっかくならいただいときますか」

さっそくタッツはポケットに千円札をしまっている。

「あとこれも、お姉ちゃんから」

里桜は、持っていたトートバッグから、プラスチックの保存《ほぞん》容器を取り出した。

「え、はちみつレモンじゃん！」

タッツは、にやっとわらってみせた。

里桜には、いいたいことが伝わってきた。

けさのテレビの「おひさま占い」で、うお座《ざ》のラッキーアイテムはレモンだったのだ。

「お姉ちゃん、別に占《うらな》いを信じたわけじゃないと思うけど。たまたまだろうけど」

そう里桜がいうと、タッツはうなずいた。

「でも、はちみつレモンって、本当につかれが取れるらしいし。うお座《ざ》じゃないメンバーのやつらも喜《よろこ》ぶよ」

和馬が、ベンチの前でキャッチボールをしている。「はちみつレモン」が聞こえたらしくて、

「サンキュー」

といってくれた。今日はなぜだか、里桜の胸《むね》はドキッとしなかった。

タッツが、ひそひそっと里桜の耳元でささやく。

「実は、今日は挑戦《ちょうせん》なんだよ」

「え?」

「負けおじさんが旅行中で来られないんだってさ」

「え、てことは」

「来てるのは、負けおばさんひとりだけ」

マイナスかけるマイナスでプラスになる作戦は、ダメということだ。

「でも、おれたち、勝つから」

タッツが、力を込《こ》めていった。耳のそばで話すので大きくひびく。

「うん。勝てる！」

同じように里桜も、力を込めて返事をした。ゆうれいや雨女がいないなら、負けおばさんだっていない……はずだから。

ベンチをはなれて、里桜はスタンドに上がった。

「何してたの？　早く来なよー」

未散と由樹が手をふっている。青空には、ちぎれ雲がいくつもうかんでいる。雨の気配はまったくない。ふたりはハンカチで顔のあせをふいている。

里桜はその横にこしかけた。

「ただ今より、赤虎ファイターズと、七星少年野球チームの試合を行います」

審判《しんぱん》のあいさつで、両チームが声をかける。

前の席の負けおばさんが、

「がんばってー」

と声援《せいえん》を送っているので、里桜たちも声を合わせた。

「がんばってーっ」

今日の打順は、一番バッターが和馬で、二番がタッツだ。

相手のピッチャー、立浪《たつなみ》選手は、私立の名門中学に勧誘《かんゆう》されているらしい。お兄さんも有名な選手で、去年、甲子園《こうしえん》に出場したそうだ。

「あ、打った！」

「よし！」

スタンドが一気に、にぎやかになる。和馬の打った球は、ピッチャーのそばを鋭《するど》く抜《ぬ》けて、センター前に転がっていった。

ノーアウト一塁《るい》だ。

タッツが登場した。ぶんぶんとバットをふりながら、バッターボックスに入る。

初球は大きなカーブで、タッツは見送った。次の二球目。立浪が速いストレートを投げ込《こ》んでくる。

タッツが思い切りバットをふった。

カキ――――ン！　といい音が鳴って、白いボールが高く舞《ま》い上がる。

「行けーっ」

「走れーっ」

負けおばさんといっしょに、里桜も由樹も未散もボールのゆくえを追う。

「わーっ、入ったぁー」

「ホームランだっ！」

ボールはレフトスタンドのフェンスぎりぎりのところに飛び込《こ》んだ。

タッツが思い切りガッツポーズしながらこっちを見た。

里桜は立ち上がって両手をふり回した。
胸《むね》がドキッと鳴るのを感じながら。

引用文献　『ノストラダムスの大予言』五島勉　祥伝社

吉野万理子　作

よしの・まりこ／作家、脚本家。2005年『秋の大三角』で第1回新潮エンターテインメント新人賞、『劇団6年2組』で第29回、『ひみつの校庭』で第32回うつのみやこども賞、脚本ではラジオドラマ『73年前の紙風船』で第73回文化庁芸術祭優秀賞を受賞。その他、「チーム」シリーズ、『いい人ランキング』『部長会議はじまります』など著書多数。

嶽まいこ　絵

だけ・まいこ／イラストレーター、漫画家。"日常の中のふしぎなモノ・コト"をテーマに、個展やグループ展などでも作品を発表。書籍の装画、挿絵のほか、広告やグッズなど、幅広く活躍中。

Special thanks to Miyako Hatano

雨女《あめおんな》とホームラン

2020年 5 月 20 日　第 1 刷発行

作　者　吉野万理子
画　家　嶽まいこ
発行者　松岡佑子
発行所　株式会社静山社
〒 102-0073　東京都千代田区九段北 1-15-15
電話 03-5210-7221
https://www.sayzansha.com
印刷・製本　中央精版印刷株式会社
装　丁　城所潤（ジュン・キドコロ・デザイン）
編　集　荻原華林

Printed in Japan
ISBN978-4-86389-568-3